LA
DOT DE SUZETTE

IMPRIMERIE GÉNÉRALE DE CHATILLON-SUR-SEINE — JEANNE ROBERT

LA
DOT DE SUZETTE

— LA JALOUSIE — L'HÉROÏSME DES FEMMES —

PAR

J. FIÉVÉE

PARIS

E. DENTU, LIBRAIRE ÉDITEUR

PALAIS-ROYAL, 15-17-19, GALERIE D'ORLÉANS.

—

1878

PRÉFACE

Il existe beaucoup de livres dont la réussite étonne ; M. de Moncrif a dit, il y a longtemps, qu'ils devaient leur succès à une cause bien naturelle : c'est que les auteurs de ces ouvrages n'y mettaient de l'esprit qu'en proportion de celui qu'ils supposaient à la plupart des lecteurs. Si l'on répétait cela aujourd'hui, on passerait pour un homme grossier ; cependant M. de Moncrif était excessivement poli.

La mode, qui décide aussi affirmativement en littérature qu'en costumes, veut à présent de l'extraordinaire ; et pourvu qu'un roman soit effroyablement merveilleux, on lui passe de blesser le bon sens. Faire peur pendant trois volumes, et employer le quatrième à prouver qu'il ne fallait pas s'effrayer, voilà le comble du talent.

Après tout, il ne faut pas crier contre le public. Beaucoup de mauvais livres sont accueillis, cela prouve son indulgence et son amour pour la nouveauté ; mais il est certain que les bons ouvrages restent seuls, et cela prouve son goût. On peut dire du public comme des comédiens, dont tant de gens se plaignent à tort: « ils acceptent souvent des pièces médiocres, mais on n'en connaît pas une seule bonne qu'ils aient refusée. »

En respectant la mode ou l'opinion, il est permis pourtant d'essayer de l'arrêter dans les erreurs qui peuvent tirer à conséquence, et je mets de ce nombre l'idée presque généralement reçue, qu'il y a plus d'*imagination* dans un roman chargé d'incidents, que dans un roman où les événements naissent, sans effort, du caractère des personnages, et servent encore à le développer.

On ferait en deux lignes l'analyse de *Clarisse Harlowe:* pourquoi? C'est que le sujet est d'une simplicité admirable. Un libertin par système veut séduire une fille sage par principes et par caractère ; voilà tout le roman, et c'est un des plus volumineux que l'on connaisse. Quelle *imagination* n'a-t-il pas fallu pour remplir ce canevas, et pour rester toujours dans la même position, sans cesser d'être intéressant ! *Clarisse Harlowe* me paraît une *vérité* démontrée jusqu'à l'évidence ; les romans nouveaux, au contraire, ressemblent à des *mensonges* que l'on tourne de mille manières, sans jamais pouvoir parvenir à leur donner un air de vraisemblance.

Les poëtes anciens, pour exprimer la candeur de la Vérité, l'ont représentée toute nue ; je crois l'erreur beaucoup plus ingénue. Pour se tromper, il suffit de s'en rapporter à ses sens ; pour connaître la vérité, il faut sans cesse observer, et bien observer, ce qui est très-difficile.

Penser que le soleil tourne autour de la terre, est une *erreur* naïve qui, pour la plupart des hommes, est d'une évidence qui n'a pas besoin de démonstration ; mais pour deviner que c'est la terre qui tourne, quelle *imagination* il a fallu avoir !

Jusqu'à la découverte de l'Amérique, qui
date d'hier, tous les peuples ont cru que l'Eu-
rope, l'Asie et l'Afrique composaient seules
notre monde; cette erreur équivalait à une
certitude. Quelle *imagination* possédait celui
qui, le premier, osa en douter ! C'était pourtant dans ce doute que se trouvait la *vérité.*

Depuis l'existence du monde, il n'y a pas,
il n'y a jamais eu un axiome de gouvernement
généralement reconnu, je ne dis pas en pratique, mais seulement en théorie ; on peut en
dire autant en fait d'administration. La morale flotte incertaine entre mille systèmes ;
l'homme est un problème que l'homme s'ef-
force en vain de résoudre : on éprouve des sensations, on en ignore la cause : on la cherche,
on se trompe ; on veut la définir, on s'égare;
les siècles s'écoulent, nous passons d'erreurs
en erreurs, et l'on ne se lasse pas de dire
que la *vérité* est toute nue.

Je crois qu'il ne faut pas *d'imagination*
pour s'abuser, pour mentir, pour être extraordinaire ; il en faut beaucoup pour être

naturel et vrai, même alors qu'on invente, et voilà le cachet des grands écrivains qui ont fait des romans. L'*Héloïse* de J.-J. Rousseau servira plus à l'histoire du cœur humain que cent volumes de morale.

Après avoir cité *Clarisse* et *la Nouvelle Héloïse*, il serait ridicule de parler de *la Dot de Suzette*, et, Dieu merci, j'ai assez d'amour-propre pour ne pas manquer de modestie. Mais, comme je désire donner aux personnes qui lisent une idée de *l'imagination* qu'il faut avoir pour être vrai en inventant, je supposerai un auteur désirant peindre la reconnaissance sans l'affaiblir, sans l'exagérer. Voici la première question qu'il se fera :

« La reconnaissance est-elle un sentiment ou un devoir? »

Voici la réponse, et elle exigeait quelques réflexions :

« Dans sa première explosion, la reconnaissance est un sentiment plus ou moins vif, à proportion de la nécessité plus ou moins pressante du bienfait ; la première explosion passée, la reconnaissance s'affaiblit comme sentiment, et rentre alors dans la classe des devoirs.

» La reconnaissance, considérée comme sentiment, appartient tout entière à la nature; elle est commune à beaucoup d'animaux comme aux hommes. La reconnaissance, considérée comme devoir, appartient tout entière à la société. Le triomphe de l'état social est d'avoir érigé en obligation, dont l'observance devient vertu, des sentiments qui, dans l'état naturel, se seraient affaiblis par l'effet seul du temps. »

Cette distinction faite, l'auteur qui veut peindre la reconnaissance sentira le moment où elle cesse d'être active pour n'être plus qu'un devoir; mais un devoir rempli est bien dans un froid roman, où tout doit être en action, et voilà une nouvelle difficulté.

Que fait-il? il appuie la reconnaissance sur une passion violente; l'amour, par exemple. Cet amour ne peut éclater, mille raisons forcent à le cacher à tous les yeux; mais il agite le personnage qui l'éprouve; il se dédommage de la contrainte d'une passion qu'il faut étouffer, en portant toute l'activité de son âme dans un sentiment qu'il lui est permis de témoigner. Les spectateurs trompés admirent la force de la reconnaissance; les spectateurs instruits (et c'est la position dans laquelle se trouve le lecteur) sourient de la bonne foi avec laquelle l'amour éclate, même en se déguisant. Certes, il y aurait dans cette situation, si elle était bien rendue, plus d'*imagination* que dans un assemblage de bâtiments en ruine, de revenants et de coups de tonnerre, parce que tout serait refusé au hasard, que tout serait accordé à la vérité, et qu'il faut répéter sans cesse que c'est uniquement dans la peinture de ce qui est ou peut être vrai qu'il y a de l'*imagination*.

Ce n'est pas la première fois que j'écris, mais c'est la première que j'essaie un roman; il est bien court, je doutais de mes forces; j'aurais voulu le resserrer encore, surtout dans les trente premières pages: je n'ai pas pu.

J'ai fait un tableau des mœurs actuelles [1], le sujet l'exigeait ; les vices qui tourmentent la société sont du ressort de la satire. Ce qui me disculpe, c'est que je n'ai voulu désigner personne particulièrement ; ce qui me console, c'est que personne en effet n'avouera qu'il s'y reconnaît.

Mais je m'aperçois que la préface est plus longue que l'ouvrage. Que faut-il en conclure ? Qu'il est plus facile de raisonner que de peindre ; et c'est ce que je voulais dire.

1. Cette préface et la première édition ayant paru sous le Directoire, après la proscription du 18 fructidor, dans laquelle l'auteur fut compris, il ne faut pas oublier que la peinture des mœurs se rapporte à l'époque qui suivit la chute de la Convention.

LA
DOT DE SUZETTE

Je suis née à Saint-Domingue. A dix ans, mon père me fit passer en France, pour y recevoir une éducation que la fortune la plus considérable ne lui aurait pas permis de me donner près de lui; car ma naissance avait coûté la vie à ma mère; et, dans ces climats brûlants, les hommes vivent d'une manière si libre avec leurs esclaves, que mon père craignit sans doute pour moi l'effet des premières impressions, toujours si dangereuses dans la jeunesse. Nous avions des parents à Paris; ce fut chez eux que je descendis, ainsi que mon frère, qui m'accompagnait dans ce voyage, et qui était alors âgé de vingt-cinq ans.

Après quelques jours de repos, et quelques se-maines sacrifiées à voir tout ce qui, dans Paris,

pouvait amuser un enfant de mon âge, je fus
mise au couvent. J'ai souvent entendu crier contre l'éducation qu'on y reçoit. Pour moi, j'aurais
tort de m'en plaindre, et jamais je n'oublierai la
reconnaissance que je dois à la sœur Sainte-
Ursule. J'ai perdu tout ce que la fortune m'avait
donné ; je conserverai toute ma vie le fruit des
leçons de cette femme respectable. En entrant
au couvent, je ne savais rien, pas même lire ;
mais je n'ignorais point que j'étais jolie : la prodigalité de mon père à mon égard ne pouvait non
plus me laisser ignorer que j'étais riche. J'avais
l'habitude de commander, et ne croyais pas que
je pusse obéir; en un mot, j'étais trop occupée
de moi pour n'être pas insupportable à tous les
autres.

A peine étais-je au couvent depuis un mois,
que toutes mes compagnes me détestaient ; cela
m'était indifférent. Je ne sentais pas le besoin de
l'amitié. Mes fantaisies, depuis mon enfance,
ayant toujours été prévenues, je n'avais pas
encore éprouvé la moindre émotion de sensibilité, même pour mon père. Il me gâtait, et je ne

l'aimais pas véritablement; c'est l'usage. Trop de
condescendance produit sur les enfants le même
effet que trop de sévérité. Par une conséquence
naturelle, j'avais à la fois beaucoup de respect et
d'attachement pour mon frère, le seul être qui
jusqu'alors n'avait pas voulu se soumettre à mes
caprices. Il vint me voir, et je lui demandai à
quitter le couvent, qui m'ennuyait à la mort. Il
me parla raison, je pleurai; il me quitta; je suffoquais de rage et de dépit.

C'est dans cet état que je rencontrai la sœur
Sainte-Ursule; elle prit pitié de moi. Je sentais
pour la première fois le besoin d'être consolée;
elle s'y prêta avec tant de douceur, mêla à ses
consolations des raisonnements si solides et si à
la portée de mon intelligence, qu'aimer et réfléchir furent pour moi l'affaire d'un moment. Je
m'abandonnai à ses conseils. La crainte de lui dé-
plaire l'emportait sur la crainte de ses reproches,
lorsque je les avais mérités. Que vous dirai-je?
dans l'espace de trois mois, je regagnai l'amitié
de mes compagnes, je méritai les soins de mes
maîtres, que jusqu'alors je croyais trop heureux

d'être payés pour ne me rien apprendre; je m'atti-
rai l'attachement de la gouvernante que l'on
m'avait donnée, et qui plusieurs fois avait voulu
me quitter parce que je la battais. A douze ans,
le temps perdu pour mon éducation était en
grande partie réparé. Mon frère applaudissait à
mes progrès, au changement de mon caractère;
la sœur Sainte-Ursule en jouissait, c'était son ouvrage : elle mit de l'amour-propre à le perfec-
tionner, et m'inspira chaque jour plus d'émula-
tion et plus de modestie. En un mot, j'avais seize
ans quand on me parla, pour la première fois,
d'abandonner le couvent; cette nouvelle me fit
de la peine. J'aimais l'étude, et surtout la retraite;
non que la sœur Sainte-Ursule m'eût fait envisager la religion comme incompatible avec le
monde; la bigoterie était au-dessous de ses idées;
elle savait fort bien que j'étais destinée par ma
famille à vivre dans la société, et la piété qu'elle
m'inspira était aussi solide qu'éclairée. J'ai connu
la douleur, et c'est alors que j'ai senti combien
la force que l'on cherche dans le sein de la Divinité est au-dessus des consolations humaines. La

religion serait née du malheur, si les âmes sensibles n'en eussent puisé le besoin dans la reconnaissance.

J'aurais désiré prolonger mon séjour au couvent; mais cela n'était pas possible. Mon frère était à la veille d'épouser une riche héritière de Saint-Domingue; elle était venue elle-même avec sa mère me faire une visite, et me témoigner le désir que j'acceptasse un appartement chez elle. En sortant du couvent pour assister à ses noces, je ne devais plus y rentrer. La sœur Sainte-Ursule, malgré le chagrin que lui causait notre séparation, me félicitait la première de cette occasion de connaître le monde avant de m'y engager. « Ma chère enfant, me dit-elle, ce n'est pas notre faute si nos élèves profitent si rarement des soins que nous prenons pour les former. Presque toujours elles ne quittent nos paisibles retraites que pour devenir épouses; ce passage trop prompt d'un état d'ignorance sur la société à un état qui en prescrit les devoirs les plus sacrés, nuit également aux vertus que nous leur avons inspirées et à celles qu'il leur conviendrait de cultiver. La piété,

les talents, la modestie, sont utiles dans toutes
les situations de la vie. Notre devoir est de les en-
seigner; mais j'ai souvent pensé que c'était à l'expérience et à la réflexion de faire naître sur le
monde des idées qu'il nous est impossible d'avoir,
et qu'il nous serait difficile d'expliquer, quand
nous les aurions. Profitez donc d'une occasion
aussi favorable; essayez votre liberté avant de la
soumettre au joug de l'hymen; connaissez les
plaisirs, afin de les apprécier et de savoir les sub-
ordonner à vos devoirs; et vous deviendrez, si
le ciel le permet, aussi bonne épouse, aussi respectable mère, que vous avez été élève intéressante et docile. »

J'allai demeurer chez mon frère, et j'eus le
loisir de vérifier la bonté des conseils de la sœur
Sainte-Ursule. Les premiers mois de son mariage
me firent regarder cet état comme le plus heureux. Ce n'étaient que fêtes, assemblées, préve-
nances de part et d'autre; ils ne pouvaient se
quitter un seul instant sans chagrin, se rejoindre
sans plaisir. Peu à peu la première ardeur se ralentit; ils se persuadèrent qu'ils ne s'aimaient

plus, parce qu'ils avaient cru follement qu'ils s'ai-
meraient toujours et de la même manière.

Mon frère avait pris l'habitude de céder à
toutes les volontés de sa femme, quand il n'en
avait d'autres que les siennes; il parut bizarre et
tyrannique quand il voulut faire des représenta-
tions. On se boudait, et le raccommodement
tournait toujours au profit de l'autorité de ma
belle-sœur. Malheur à l'homme imprudent qui
commence à vivre avec son épouse comme avec
une maîtresse; il risque la tranquillité du reste
de sa vie. Des symptômes de grossesse mirent de
nouveau mon frère aux genoux de sa femme;
une chute de cheval qu'elle fit par une imprudence impardonnable dans sa position, lui ravit
à la fois la santé, son enfant et l'amitié de son
époux.

Nous apprîmes à cette époque la mort de mon
père, et notre maison, naturellement triste
depuis que la division s'y était glissée, le devint
encore davantage. Mon frère avait évité de me
laisser apercevoir le fond de son âme; mais, en
nous occupant d'une douleur qui nous était

commune, il ne put résister à me confier ses
chagrins particuliers. Je n'hésitai pas à blâmer
sa conduite ; car ma belle-sœur avait des qualités
essentielles, un cœur excellent. Il l'avait perdue
par trop de complaisance, il pouvait l'éloigner
entièrement par trop de froideur et de sévérité.
Mes réflexions le touchèrent, et j'eus la satisfaction de rendre à ces époux, qui m'intéressaient
vivement, une tranquillité qui depuis ne fut
jamais troublée. Ma belle-sœur, qui n'ignora
point la conduite que j'avais tenue, et qui
jusqu'alors m'avait plaisantée sur ce qu'elle appelait l'austérité de mes principes, me fit moins de
démonstrations d'amitié et m'aima davantage.

Les hommes qui formaient notre société me
répétaient souvent que j'étais belle, et savaient
fort bien que j'étais une riche orpheline. Une
habitation de soixante mille livres de revenu formait une dot qui eût donné des adorateurs à la
femme la plus dépourvue d'attraits et de talents.
Mais j'avais tellement pris l'habitude de réfléchir
sur les devoirs de chaque état, que le mariage
m'inspirait une sorte d'effroi. On me pressait de

faire un choix, j'hésitais sans cesse; et l'on m'accusait de coquetterie, quand il est vrai que je n'étais coupable peut-être que de trop de timidité.

Mon frère avait pour ami M. de Senneterre, homme de beaucoup de mérite, d'un grand nom, et dont la fortune, d'ailleurs peu considérable, était encore grevée de dettes assez fortes, que son père avait laissées en mourant. L'intimité qui régnait entre lui et mon frère était telle, que M. de Senneterre se trouvait le seul homme près duquel ma belle-sœur et moi nous fussions hors de toute cérémonie. Avec un esprit cultivé, une figure mâle, une tournure très-noble, il avait tant de bonhomie, que nous le traitions comme un parent pour qui rien n'était caché. Ajoutez qu'il aimait depuis longtemps une femme charmante, que ses parents avaient forcée d'épouser un vieillard, et qui, devenue veuve, n'attendait que le temps prescrit par la bienséance pour couronner son amour; que cette femme était de notre société; et vous ne serez pas étonné que ma belle-sœur et moi eussions pris l'habitude de

regarder en frère un des plus beaux cavaliers de
Paris. Souvent aussi il me sollicitait de former
un engagement; nous passions en revue tous mes
courtisans, il riait des remarques que je faisais
sur leur caractère, m'accusait d'être trop difficile, et me prédisait gaiement que je finirais
comme la fille dont parle le bon La Fontaine.
Avec la même gaieté, je me moquais de sa pré-
diction, en l'assurant que je me déciderais lorsque je trouverais un homme qui lui ressemblât,
ou que, dans l'impossibilité, j'attendrais à mon
tour qu'il devînt veuf.

Je le dis aujourd'hui où je pourrais, sans rougir, convenir du contraire, je n'avais alors nul
amour pour M. de Senneterre ; je l'estimais,
parce qu'il était impossible de ne pas lui rendre
justice ; mais, s'il eût été capable d'abandonner
pour moi une femme à laquelle il avait témoigné
un attachement si constant, j'aurais perdu de
lui l'idée que je m'en étais formée, et il eût été
le dernier homme auquel j'aurais uni ma destinée.

Ce fut au contraire sa constance dans sa pre-

mière inclination qui le rendit mon époux. Il eut
le malheur de voir mourir presque subitement
la femme qu'il aimait; sa douleur fut si vraie
qu'elle me pénétra l'âme. C'était chez nous seulement qu'il venait chercher des consolations;
nous lui parlions avec tant d'intérêt de la perte
qu'il avait faite, nous mêlions si sincèrement nos
éloges à ceux dont il honorait la mémoire de
cette femme encore aimée, nous écoutions avec
tant de complaisance ce qu'il répétait sans cesse
avec tant de sensibilité, que nous parvînmes à
modérer son chagrin en le partageant. C'est la
seule manière dont les cœurs profondément af-
fectés puissent être consolés. Je m'aperçus bientôt que je réfléchissais involontairement sur le
bonheur promis à la femme assez heureuse pour
toucher M. de Senneterre; je ne croyais pas
qu'il pût aimer avec la même violence; mais je
sentais que son amitié serait plus précieuse pour
moi que l'amour si incertain d'un autre époux.

Les chagrins cruels que j'ai éprouvés depuis
n'ont pu effacer de mon cœur les impressions qui
décidèrent du reste de ma vie. A peine fus-je

convaincue des sentiments que m'avait inspirés
M. de Senneterre, que je mis dans ma conduite
avec lui autant de réserve que jusqu'alors j'avais
déployé de franchise. Ce changement le frappa,
et, bien loin d'en deviner la cause, il se plaignit
à mon frère du sort qui lui enlevait presque en
même temps et l'objet de l'amour le plus constant, et les consolations d'une amitié dont il
s'était fait une si douce habitude. Craignant de
m'avoir déplu sans le vouloir, il me pressait souvent de lui faire connaître ses torts, me protes-
tant que rien au monde ne lui causerait plus de
peine que la perte de mon estime. Ses paroles
étaient si douces, ses regards si attendrissants,
que la peur de me trahir par trop de sensibilité
augmentait la froideur de mes réponses; et si
j'eusse effectivement eu à me plaindre de lui, je
n'aurais pu le traiter d'une autre manière que je
le faisais en ces moments. Ses visites devinrent
plus rares, et ma sévérité plus grande; le chagrin
que me donnaient ses absences ajoutait à mon
amour et à la crainte qu'il ne le devinât. Heureusement, mon frère m'arracha mon secret, le

trahit, et M. de Senneterre, qui seul pouvait me
rendre heureuse, eut peine à se persuader
qu'avec tous les avantages que m'avaient prodi-
gués la nature et la fortune, j'eusse fixé mon
choix sur lui que j'avais connu prêt à s'unir à
une autre femme, moi devant qui ses regrets
avaient éclaté sans contrainte. Il ne soupçonnait
pas que la vérité de sa douleur était la première
cause de mon amour. Et pourquoi ne s'attache-
rait-on pas à l'homme dont la sensibilité a été
éprouvée, quand nous voyons chaque jour tant
de femmes unir leur destinée à des êtres qui se
font honneur de la multiplicité de leurs liaisons,
et pour qui le mariage n'est souvent qu'une conquête nouvelle et passagère comme les autres?
Si je n'ignorais pas que M. de Senneterre m'a-
vait préféré une femme dont il chérissait sans
doute encore la mémoire, du moins étais-je persuadée qu'il ne me donnerait pas de rivale.

Mon frère était trop satisfait de s'attacher par
les liens du sang le meilleur de ses amis, pour
ne pas presser notre mariage ; j'avais dix-neuf ans
lorsqu'il se fit. Je n'attendais de M. de Senneterre

qu'une amitié qui seule eût satisfait mon cœur,
et je trouvai en lui un époux tendre et prévenant, un guide éclairé, un ami sincère. Préju-
geant assez bien de moi pour croire que les
plaisirs du monde ne pourraient seuls m'occuper,
il m'admit à l'administration de ses affaires, que
la dissipation de son père avait extrêmement dé-
rangées. Nous fîmes ensemble le voyage de ses
terres, nous satisfîmes une partie des créanciers;
et, après avoir pris des arrangements avec les
autres, nous montâmes notre maison à Paris
convenablement à notre fortune. Une société
choisie, une intimité plus aimable encore, le
bonheur de mon frère et de son épouse, ajoutaient à ma félicité. Le ciel, qui jusqu'alors
m'avait prodigué ses faveurs, y mit le comble:
je devins mère ; la joie de M. de Senneterre
surpassait la mienne; nous avions un fils.

Comme je voulais nourrir, je partis pour une
de nos terres aussitôt que je le pus sans danger :
grâce à la vie que je menais, loin que mon fils
m'épuisât, ma santé devint parfaite, et je perdis
beaucoup de cette délicatesse extrême qui m'a-

vait presque toujours forcée à un régime désa-
gréable à mon âge.

Je fus près de deux ans éloignée de Paris, ne
regrettant dans cette ville que mon frère et son
épouse, qui avaient eu la complaisance de venir
passer avec moi le temps que M. de Senneterre
avait été forcé de me quitter: il était au service.
Ma belle-sœur enviait mon bonheur, j'étais
mère; et, soit dispositions naturelles, soit l'effet
de la chute qu'elle avait faite étant enceinte, elle
commençait à désespérer d'avoir des enfants.
Effectivement, elle n'en eut jamais. Sa tendresse
et celle de mon frère se portaient sur mon fils,
dont la force m'étonnait moi-même. Heureux
temps! il n'est pas un des jours dont vous êtes
composé, qui ne fasse époque dans mon âme.
La mémoire qui naît de toutes les sensations
d'une mère ne peut jamais s'affaiblir.

Je passerai sur dix années de ma vie, qui ne
furent qu'un instant de bonheur sans mélange.
M. de Senneterre me faisait bénir sans cesse le
jour où je l'avais connu; mon fils croissait et
s'élevait sous mes yeux. Son éducation, à laquelle

son père présidait, me donnait l'espérance qu'il
lui ressemblerait en tout. Nous n'avions à craindre en lui qu'une fermeté de caractère bien
étonnante à son âge, et une vivacité qui le portait également au mal comme au bien, mais
qui pouvait être dirigée avec précaution. M. de
Senneterre me reprochait quelquefois trop de
condescendance ; je lui reprochais à mon tour
trop de sévérité. Mon frère, qui regardait son
neveu comme son héritier, accusait mon époux
et moi de le tourmenter pour des sciences auxquelles il attachait moins de prix qu'aux caresses
de cet enfant ; bref, nous l'aimions tous à notre
manière ; il était le sujet de nos plaisirs, de nos
conversations, de notre amour et de nos espérances.

J'avais plus de trente ans, et je n'avais pas
encore connu le malheur. Le premier chagrin
vif que j'éprouvai eut lieu lorsqu'il fallut me
séparer de mon frère, auquel j'avais tant de
motifs d'être attachée. En apprenant que le régisseur général de nos habitations était mort, il
crut que l'ordre de nos affaires, la sûreté de

notre fortune exigeaient sa présence à Saint-
Domingue. Depuis longtemps son épouse désirait de retourner dans ces contrées pour lesquelles
elle avait conservé des souvenirs agréables.
L'occasion était décisive, ils partirent. Cette séparation me brisa le cœur. Ma société intime,
presque réduite à ma famille, se trouvait dimi-
nuée de ceux qui en faisaient le charme le plus
précieux ; un pressentiment involontaire me répétait sans cesse que je ne les verrais plus. L'amitié
de mon époux, les caresses de mon fils, qui touchait alors à sa treizième année, adoucissaient mon
chagrin, sans pouvoir le dissiper entièrement.

Six mois après ce départ, M. de Senneterre
tomba malade si dangereusement que sa conva-
lescence ne fut, pour ainsi dire, qu'une pente
douce qui le conduisit au tombeau, et qui me
livra, pendant deux ans, au supplice cruel de
regarder chaque jour comme le dernier de sa
vie. Sa poitrine était restée affectée, il changeait
sensiblement ; les médecins me donnaient une
espérance qu'ils ne conservaient pas eux-mêmes ;
et M. de Senneterre, qui sentait sa fin approcher,

2

rassemblait toutes ses forces pour me dérober
sa douleur, et dissimuler des souffrances que ma
sensibilité n'aurait fait que lui rendre plus insup-
portables. Il se leva jusqu'au dernier jour, et
malgré mes remontrances, il passait une grande
partie de son temps à écrire. Ce modèle des
époux et des pères, persuadé que la mort allait
saisir sa proie, voulait encore se survivre pour
veiller sur sa femme et sur son fils. Il m'adressait
des consolations pour le temps où il ne serait
plus, me traçait la conduite que je devais tenir
pour achever l'éducation de notre enfant, laissant pour lui une lettre qui me fut remise sans
être cachetée ; il avait abandonné à ma prudence
le choix de l'époque où je pourrais en faire
usage avec sûreté.

C'est au milieu de ces soins touchants, qui
prouvaient si bien la bonté de son âme, que la
mort le surprit. Il expira dans mes bras. Je n'ai
jamais su ce que je devins à ce moment cruel ;
je me rappelle seulement qu'en reprenant l'usage
de mes sens, je me trouvai dans mon lit, entourée d'une partie de ma famille et de celle de

M. de Senneterre; qu'on me défendit impérieusement de parler, et que j'eus à combattre pour
obtenir du moins qu'on ne me séparât pas de
mon fils. L'aimable jeune homme! il était le seul
dont le cœur fût d'accord avec le mien; il me
suppliait à genoux de lui conserver sa mère;
mais il n'avait pas la barbarie d'exiger que je ne
prononçasse pas sans cesse le nom de son père.

Nous le répétions ensemble, ensemble nous
pleurions; nos larmes, nos baisers se confondaient, et, si ces terribles élans de sensibilité
augmentaient notre douleur, je suis persuadée
qu'ils nous sauvèrent du désespoir.

Aussitôt que je pus me soutenir, je me fis
conduire au couvent où j'avais été élevée. Les
exhortations de la sœur Sainte-Ursule, la liberté
de gémir au pied des autels, et les caresses de
mon cher Adolphe, me rendirent le courage de
vivre et de m'occuper de ses intérêts. Par son
testament, M. de Senneterre m'avait nommé
tutrice de notre fils, et lui avait donné pour
curateur un grand-oncle qui vivait dans une de
nos terres, et qui n'avait pour toute fortune

qu'une longue probité, une vieillesse aimable,
des cicatrices, la croix de Saint-Louis et douze
cents livres de pension. Ces dispositions ne parurent pas convenir à la famille de M. Senneterre;
mais elles me confirmaient davantage dans l'estime que je devais à mon époux. En effet, l'oncle
qu'il avait donné pour curateur à notre Adophe
eût été digne de présider à l'éducation d'un prince;
c'était lui qui avait élevé M. de Senneterre, dont
le père était trop dissipé pour veiller sur ses enfants, et je comptais qu'il ne refuserait pas de faire
pour mon fils ce qu'il avait si heureusement en-
trepris pour son neveu. Mon intention d'ailleurs
étant de passer quelques années loin de Paris, je
choisis celle de mes terres où ce bon vieillard
faisait son séjour, persuadée que l'amitié qu'il
prendait pour Adolphe le déciderait à tout, lorsqu'il faudrait le produire dans le monde. Il n'a-
vait encore que quinze ans.

Je m'établis donc de nouveau à la campagne ;
la solitude, qui convenait si bien à la situation
de mon âme, m'en rendit le séjour agréable.
J'aurais pour toujours renoncé à Paris, si je

n'eusse envisagé de loin la nécessité d'y revenir
un jour avec mon fils, pour qui seul je trouvais
du plaisir à vivre, et auquel je vouai mon existence entière, bien décidée à sacrifier mon goût
pour la retraite lorsqu'il pourrait nuire à son
avancement ou me séparer de lui. C'est là qu'avec
l'oncle de M. de Senneterre je lus les instruc-
tions qu'il avait tracées, dans les derniers moments de sa vie, pour l'éducation de son fils. Les
principes étaient conformes à ceux de ce vieillard, et me parurent si lumineux, que, travaillant
d'accord sur le même plan, nous eûmes la satisfaction de voir Adolphe prendre l'habitude des
vertus dans cet âge où les passions viennent
souvent combattre les dispositions les plus heu-
reuses.

Je lus alors pour la première fois la lettre que
son père mourant lui adressait, et dont il m'a-
vait fait dépositaire; je la lus en la baignant de
mes pleurs, et je formai le projet de ne jamais
la lui remettre.

Je voyais peu de monde à la campagne, mais
j'en voyais assez pour que mon fils trouvât chez

moi, et dans les environs, une société qui l'éloignât de cette timidité taciturne qu'un jeune
homme destiné à vivre dans le monde contracte
quelquefois s'il en est trop longtemps séparé. Mes
jours s'écoulaient ainsi paisiblement entre mes
devoirs, mes souvenirs et la douceur de quelques
actions généreuses, qui seuls occupaient assez
mon cœur pour le distraire momentanément de
sa tristesse. Toujours disposée à soulager indis-
tinctement les paysans de ma terre, je donnais
aux veuves une préférence dont je sentais par
moi-même qu'elles avaient plus besoin que les
autres. Perdre son époux et craindre la misère
pour ses enfants me paraissait une situation au-
dessus des forces de l'humanité. Je l'ai connue,
et le ciel m'a permis de vivre.

Le temps vint où mon fils entra au service ; son
grand-oncle eut la bonté de l'accompagner. Ce
vieillard, ainsi que je l'avais prévu, s'était si
vivement attaché à son neveu, que sa tendresse
le disputait à la mienne. Adolphe m'avait promis
de m'écrire souvent et dans le plus grand détail ;
j'ambitionnais d'être sa confidente, et notre der-

nière conversation dut lui prouver que si, comme
mère, j'étais jalouse des mœurs de mon fils,
comme amie, je ne serais pas plus sévère que mon
siècle. L'amour du plaisir, si naturel à la jeunesse, ne peut être blâmé que lorsqu'il l'éloigne
de ses devoirs, ou l'engage dans des démarches
contraires à ses intérêts. Mon fils ne trompa
point mon attente ; il se fit aimer de ses cama-
rades, fut de toutes leurs parties sans être de
leurs débauches, forma quelques liaisons qui ne
purent l'attacher, ni remplir, m'écrivait-il, le vide
de son cœur. Toutes ses lettres, dans lesquelles
il se peignait sans contrainte, me convainquirent
que l'amour ne serait pour lui qu'une passion,
et non un amusement. Il était dévoré d'une sensibilité qui cherchait à s'exercer ; c'était l'âme
aimante de son père, mais dans un âge où la raison ne compte encore pour rien dans un engagement, ce qui me faisait trembler. Mon fils, de
mes biens et de ceux de son père, était assuré de
plus de quatre-vingt mille livres de rentes ; et
mon frère, qui n'avait pas d'enfants, lui laissait
entrevoir une augmentation de fortune qui, jointe

à son nom, lui permettait de prétendre à tout. Je n'avais jamais connu l'ambition pour moi; mais j'en avais, je l'avoue, pour le fils unique de M. de Senneterre.

Adolphe fut dix-huit mois à son régiment; il revint au commencement de 1789, et touchait alors à sa vingtième année. Je fus étonnée du changement qu'une si courte absence avait opéré dans toute sa personne. Sa taille s'était développée de la manière la plus avantageuse, et prêtait une grâce particulière à tous ses mouvements ; sa figure avait pris un caractère de fierté qui, sans affaiblir la douceur que j'y avais toujours remarquée, inspirait le respect, et me força moi-même à voir un homme dans celui que je n'avais encore regardé que comme un enfant chéri. Ce n'est pas qu'il fût moins tendre pour moi, moins prévenant pour tout ce qui pouvait me plaire ; mais l'habitude du monde lui avait appris tout ce qu'il valait. Tout en lui m'offrait un ami dont ma raison se glorifiait; mais je regrettais involontairement les caresses ingénues de mon fils. Il n'y a que le cœur d'une mère qui puisse expliquer les con-

tradictions qu'apporte en nous ce passage de
l'adolescence à la virilité, si rapide chez les
Français; et, si nous aimons.nos petits-fils jusqu'à l'adoration, ce n'est, sans doute,.que parce
qu'ils nous rappellent ce temps heureux de l'enfance de leur père, et qu'à la douceur de leurs caresses se joint le souvenir de celles dont nous
avions senti la privation.

Je vous ai déjà parlé des bontés que j'avais
pour les paysans de ma terre. Pour être parfaitement heureux, il faut que le bonheur se montre
dans tout ce qui vous entoure; c'est un des pri-
viléges de la fortune, et j'en jouissais. Non que
je voulusse faire sortir aucun de ces hommes de
leur état ; je me refusai toujours aux désirs de
ceux qui me témoignaient l'envie de placer leurs
enfants à la ville; je voulais des cultivateurs
assez aisés pour aimer le travail, mais non pour
regretter de n'être pas plus que le sort ne les a
faits. A mon arrivée, j'avais appris qu'une fille,
absolument sans ressources à la mort de ses parents, avait été recueillie par des villageois pau-
vres et déjà chargés d'une nombreuse famille.

Cette action méritait une récompense, je m'en chargeai ; je me chargeai aussi de l'enfant, qui avait alors onze ans, et qui s'appelait Suzette. Quand je la vis, je fus tentée d'abandonner les règles de prudence que je m'étais tracées, et de la prendre avec moi. Jamais la nature n'a rien fait de plus beau, jamais à la beauté ne se joignit un charme aussi irrésistible que celui qu'on éprouvait en regardant Suzette. La réflexion me défendit de l'intérêt qu'elle m'inspirait. Me craignant moi-même, craignant le temps où je serais obligé de retourner à Paris, ville où elle serait livrée à tous les genres de séduction, je me décidai à la recommander au concierge du château, qui, par mon ordre, ne permit point qu'elle sortit de son état, et ne lui fit donner que l'éducation qu'on reçoit dans une école de village. Suzette, qui n'avait jamais ambitionné plus de bonheur, fut docile et reconnaissante, et je n'eus qu'à m'applaudir de ce que j'avais fait pour elle. Toujours modeste, laborieuse, elle grandissait en s'attirant l'amitié de ceux qui veillaient sur elle. Propre dans ses ajustements villageois, sa beauté

l'eût fait accuser de coquetterie si la simplicité
de ses mœurs ne l'eût défendue de tout soupçon.
Elle touchait à sa seizième année, et je pensais
à lui trouver un mari que la dot que je lui des-
tinais m'aurait permis de choisir, quand mon fils
revint de son régiment.

Il aima Suzette, et l'aima avec une violence
dont il serait difficile de se faire une idée ; tous
les gens qui m'entouraient s'en étaient aperçus,
et moi je l'ignorais encore. Notre grand-oncle
n'avait pas cru devoir m'en avertir, parce qu'il
regardait cette passion comme un caprice absolument sans conséquence. Je remarquais bien
qu'Adolphe était ou très-gai ou très-mélan-
colique : tantôt il me pressait de retourner à
Paris, tantôt il désirait prolonger son séjour à la
campagne ; j'étais loin de soupçonner qu'un
regard plus ou moins tendre de Suzette décidât
de ses volontés, et j'attribuais son humeur chan-
geante au vague d'une imagination qui ne sait
encore où se reposer. Je fus anéantie quand le
concierge auquel j'avais confié Suzette, après
m'avoir fait demander une audience particulière,

me pria de lui ôter cette enfant, ou de trouver les moyens d'empêcher M. de Senneterre de venir aussi souvent chez lui. Je l'interrogeai, et il me fut impossible de douter de l'amour de mon fils.

« Et Suzette, lui dis-je, l'aime-t-elle ? — Oh ! madame, me répondit cet homme, cela serait bien difficile autrement. M. le comte est si aimable, qu'une jeune fille, dont le cœur est libre, ne pourrait guère s'empêcher de lui répondre ; mais si Suzette l'aime, elle le cache avec soin à elle, aux autres, à votre fils même, car nous n'avons aucun reproche à lui faire. Elle refuse les cadeaux de M. le comte ; et, depuis quelque temps, s'il s'amuse à distribuer chaque dimanche des ajustements à toutes les femmes du château, c'est pour avoir le plaisir de forcer Suzette à se parer de ses bienfaits. Il la gronde quand elle ne porte pas ce qu'il lui a donné; il l'accuse de fierté, d'ingratitude; il s'emporte tant contre elle, que souvent nous la voyons rentrer en pleurant. Et puis M. le comte arrive pâle et tremblant, il lui parle avec bonté ; cette pauvre Suzette pleure encore plus fort ; votre fils se

désespère ; et Suzette ne le renvoie consolé
qu'en lui promettant bien de ne plus passser doré-
navant un seul jour sans s'ajuster de ce qu'elle a
.. u de M. le comte. Elle n'ose plus sortir, parce
qu'elle craint de le rencontrer; et, quand il a
passé la journée sans la voir, nous sommes sûrs
que le soleil couchant l'amènera chez nous. Il
nous parle avec bonté de notre femme, de nos
enfants, nous accable de bienfaits; mais il regarde
toujours Suzette. Si elle reste, il parvient à
l'approcher, à lui dire tout bas bien des choses
auxquelles elle ne répond que par oui et par
non; si elle sort, il la suit, et Suzette ne rentre
jamais sans avoir les couleurs les plus vives, et
sans se plaindre d'être bien malheureuse. Cependant elle nous a défendu d'avertir madame,
parce qu'elle dit que madame la renverrait, et
qu'elle serait encore plus infortunée sans la protection de madame. »

Cet homme aurait pu parler bien longtemps
encore sans que je fusse tentée de l'interrompre;
trop de réflexions m'agitaient. Je le renvoyai en
le remerciant de son zèle, et en lui recom-

mandant sur toutes choses de ne pas laisser apercevoir qu'il m'eût avertie. Quand je fus seule, je
m'efforçai vainement de me faire un plan de conduite; je ne savais à quoi m'arrêter, je ne savais
qui consulter. Mon oncle ne croyait pas à
l'amour, et bien peu à la vertu des femmes; il
aurait ri de mes craintes, et aurait trouvé dans
l'ordre qu'un jeune homme cherchât à se dissiper
à la campagne comme dans une garnison.
C'était son seul défaut. Il était inutile de prétendre changer les idées d'un vieux célibataire
qui ne se consolait d'être forcé d'être sage qu'en
citant volontiers les nombreuses occasions où il
ne l'avait pas été.

Que faire ? garder Suzette au château, c'était
l'exposer à la séduction, perdre l'espoir de la
marier, et autoriser ce qu'il ne m'était pas
permis de souffrir; la renvoyer était pis encore
sans doute. Dégagée de toute reconnaissance
envers moi, livrée à elle-même, sans secours,
mon fils devenait pour elle un appui nécessaire,
un bienfaiteur dangereux. L'éloigner, en lui
conservant ma protection, ne pouvait guère se

faire sans que mon fils s'en aperçût, sans mettre quelqu'un dans ma confidence; et, s'il découvrait sa retraite, si son amour éclatait dans le monde, j'exposais Adolphe à un ridicule que nos usages traitent plus sévèrement que le vice, et qui souvent décide de la réputation d'un jeune homme. Je fis le projet de tenter sa générosité, et le soir même, avec une gaieté apparente, je l'engageai à déjeuner le lendemain tête à tête avec moi dans mon cabinet. Cette invitation, à laquelle je donnai toute l'apparence d'un badinage pour éloigner ses soupçons, le surprit. Il s'efforçait de me cacher son embarras; mais, comme j'étais décidée d'avance à ne pas m'en apercevoir, nous nous quittâmes sans autre explication. Sans doute il ne passa pas la nuit plus tranquillement que moi: car, lorsqu'il se présenta le matin, sa figure annonçait la fatigue et le désordre. Il avait en ce moment une ressemblance si frappante avec son père, la première fois que je le vis après la mort de celle qu'il aimait, que mon cœur tressaillit aux premiers regards que je jetai sur lui.

Après avoir déjeuné, sans que l'un de nous rompît le silence, je le fis asseoir près de moi ; et, d'un ton que je cherchai à rendre sévère, je lui dis :

« Ignorez-vous, mon fils, le chagrin que vous me donnez ? — Si j'en devine la cause, madame, le même objet, par des motifs bien différents, trouble également notre tranquillité. Je ne suis pas heureux non plus », ajouta-t-il en soupirant. Il se tut. Je vis que, loin de vouloir nier l'amour que lui inspirait Suzette, il oublierait volontiers, en parlant, que c'était à sa mère qu'il s'adressait ; je m'efforçai d'oublier moi-même et ce titre et ma sévérité.

« Vous n'êtes pas heureux, Adolphe ! et que manque-t-il à votre bonheur dans tout ce que peut désirer un homme de votre âge et de votre nom ? — D'être aimé, madame, ou d'avoir la force de vaincre un amour que ma raison condamne, et qui est devenu, malgré moi, une partie de mon existence. Ah, ma mère, ne me blâmez pas, plaignez-moi. Tout ce que vous me direz n'égalera pas ce que je me suis dit cent fois moi-même.

Mais les réflexions les plus sévères avaient rapport à mon amour, et ce rapport leur prêtait un charme qui me séduisait; c'était m'occuper de Suzette, que de combattre le penchant qui m'entraîne vers elle. La honte de l'avouer à ma mère ne l'emporte peut-être pas sur le plaisir de parler d'elle; c'est la première fois que j'en trouve l'occasion; j'aurais voulu l'éviter, mais enfin jusqu'à ce moment ce fut dans la solitude seulement que le nom de Suzette s'échappa de mes lèvres. »

« Vous me faites rougir, monsieur, de votre égarement et de la complaisance avec laquelle je vous écoute ; mais vous vous croyez malheureux ; Adolphe malheureux sera toujours sacré pour moi, alors même que je le verrai assez faible pour s'exposer à inspirer plus de pitié que d'intérêt. » A la rougeur qui couvrit son front, à la vivacité de son regard, je vis que, blessé de cette phrase, il allait répondre ; je m'empressai d'ajouter : « Qu'espérez-vous de cette passion insensée, que vous n'oseriez avouer devant tout autre qu'une mère trop indulgente ? Suzette

élevée par mes soins, défendue par ma protection, Suzette, sans autre fortune que
sa vertu, devient respectable pour vous ; et
'ose croire que la passion ne vous a point égaré
au point de penser sans frémir à corrompre l'innocence, à violer sans pudeur le respect dû
à ma maison. Mon fils, je n'ai jamais envisagé
les devoirs que j'avais à remplir envers vous ; ma
tendresse les rendait si faciles, qu'ils étaient pour
moi une suite continuelle de jouissances ; mais,
en me chargeant de Suzette, j'ai contracté
devant Dieu l'obligation de veiller sur ses mœurs
et d'assurer son bonheur. En poursuivant cette
innocente créature, c'est votre mère que vous
attaquerez ; ce n'est plus Suzette maintenant,
c'est moi que vous trouverez partout opposée à
vos projets ; et, si vous étiez assez malheureux
pour l'engager à céder à votre passion, c'est
votre mère qui en deviendrait responsable devant
la Divinité. Ne vous plaignez pas de la sévérité
de mes principes. Ah ! mon fils, c'est à ces principes religieux que vous devez mon existence ;
c'est ma résignation aux volontés du ciel qui

m'a donné la force de survivre à votre père.
Adolphe! Adolphe, votre passion vous ferait-elle
regretter que j'en eusse eu le courage ? »

Ce reproche était trop vif sans doute, mais il
m'échappa.

« Vous m'aviez promis de l'indulgence,
madame, me répondit-il en versant des larmes
de dépit, et vous me traitez comme un monstre
qui mériterait de perdre la vie. Lorsque je
donnerais tout mon sang pour prolonger ses
jours de la durée des miens, ma mère m'accuse...
Ah, madame ! si vous pouviez lire dans le fond
de mon cœur, vous sauriez qu'un amour invin-
cible, qui fait aujourd'hui mon désespoir, ferait
demain, sans mon respect pour vous, le bonheur
de ma vie. J'aime Suzette malgré moi, je l'aime
au point de sentir que la mort me serait plus
douce que l'idée d'en être séparé. Je n'ai jamais
pensé à la séduire, je n'ai pu que détester
mon amour et m'en nourrir sans cesse; Mais,
sans la crainte d'affliger ma mère, qui pourrait
m'empêcher d'épouser Suzette ? »

J'allais l'interrompre, il ajouta:

« Voyez, madame, combien la noblesse perd
chaque jour de sa considération (nous étions à
la fin de 1789) : Suzette a tout reçu de la
nature ; l'intelligence suppléerait bientôt en elle
au défaut d'éducation. Si mon mariage était
blâmé en France, j'irais à Saint-Domingue, où
il serait moins troublé par les préjugés. Ne vous
effrayez pas, madame, ceci n'est qu'une idée, et
non pas un projet. Des projets ! il m'est impossible d'en former. Combattu par l'amour, par
l'idée terrible de perdre votre amitié, je ne puis
que souffrir ; trop heureux si la mort vient me
délivrer d'une situation au-dessus de mes forces,
et vous prouver qu'Adolphe n'est ni un ingrat,
ni un monstre que sa mère dût soupçonner ! »

« Cessons, lui dis-je, cessons, mon fils, un
entretien qui devient également pénible pour
tous les deux. Vous n'exigerez pas que je m'excuse auprès de vous pour un mot que mon
cœur désavouait au moment où ma bouche le
prononçait. Tout ce que je vous demande est de
ne pas voir Suzette avant que je ne vous aie

écrit, car je sens l'inutilité de renouveler notre conférence, et la nécessité de nous rendre réciproquement la tranquillité. » Je me levai, il en fit autant, et s'en allait sans tourner les yeux vers moi.

« Adolphe, m'écriai-je, vous n'aimez plus votre mère! » Il me prit la main, la couvrit de baisers et nous nous quittâmes en pleurant. A dîner, il me fit demander la permission de ne pas descendre; je n'en fus pas fâchée dans la disposition d'esprit où nous nous trouvions. Je me retirai dans mon cabinet, où j'écrivis la lettre suivante:

MADAME DE SENNETERRE A ADOLPHE.

« Vous me fuyez, mon fils, et je suis forcée d'avouer que je craignais de vous voir, moi qui jusqu'alors souffrais toutes les fois que j'étais privée de votre vue. Je vous plains du fond de de mon âme; mais, mon ami, la société, en nous plaçant dans un état élevé, nous a imposé des

devoirs qui balancent les avantages que nous en
recevons ; il y aurait de la lâcheté à les trahir,
vous en êtes incapable. Il faut renoncer à
Suzette, je n'ajouterai pas, ou à mon amitié;
j'attends de l'honneur un sacrifice que je ne
veux devoir qu'à lui. Je me chargerai de
procurer à cette enfant un établissement qui
vous donne la satisfaction d'avoir contribué à
son bonheur; cette jouissance adoucira vos chagrins quand le jour sera venu où vous remer-
cierez votre mère de sa sévérité. Je n'ose pas ajouter que j'exige cette condescendance de vous,
je craindrais qu'un acte d'autorité ne m'enlevât
un seul instant votre tendresse. Je vous envoie
une lettre que votre père mourant me chargea
de vous remettre; c'est lui, Adolphe, c'est sa
dernière volonté que vous entendrez. Votre
mère vous bénit et vous aime; elle attend votre
réponse, et ne la prescrit point. »

MONSIEUR DE SENNETERRE A ADOLPHE.

« **Mon fils,** près de quitter la vie, si un père

qui en a consacré tous les instants à votre bonheur conserve encore sur vous l'autorité qu'il a
reçue de Dieu et des lois; si le respect pour ma
mémoire et la reconnaissance sont sacrés pour
vous, je vous ordonne d'obéir à votre mère dans
tout ce qu'elle exigera en vous remettant cet
écrit, le dernier tracé de la main de votre père ;
je vous l'ordonne, sous peine de ma malédiction. Adolphe, si j'ai bien deviné votre caractère,
vous aurez des qualités estimables et des passions
dangereuses. Je tremble pour vous, je tremble
pour votre mère; c'est sur le bord du tombeau
que j'essaie encore de veiller sur deux êtres qui
me font regretter la vie. Mon fils, acquittez ma
dette auprès d'une épouse adorée, à qui j'ai dû
plus de félicité que l'humanité n'a droit d'en
espérer. Je le répète pour la dernière fois, car
mes forces s'épuisent : obéissez à votre mère,
sous peine de l'irrévocable malédiction d'un
père qui vous a toujours chéri. Adieu, mon fils. »

Le lendemain à mon réveil, je reçus le billet
suivant:

ADOLPHE A MADAME DE SENNETERRE.

« Mon père sera satisfait, madame, et vous
continuerez longtemps à me plaindre. Ne voulant point vous rendre témoin de ma douleur,
craignant de ne pouvoir résister si je rencontrais
celle que je dois fuir, sûr de n'avoir pas la force de
la voir sacrifiée à un époux indigne d'elle, j'ai pris la
résolution de quitter le château cette nuit même,
défendant à qui que ce fût de vous avertir. Je
vais à Paris. Je ne vous recommande pas Suzette,
je connais votre bonté. Si j'osais avoir une volonté, je souhaiterais qu'elle restât libre; si vous
l'ordonnez autrement, puis-je espérer, ma mère,
qu'en lui remettant cet anneau, vous lui pres-
crirez de le porter toujours comme un gage de
votre protection? C'est le seul présent que je
veuille lui faire; j'abandonne le reste à votre générosité. »

Ce billet, qui me prouvait trop combien
Adolphe souffrait dans son obéissance, me rendit

encore plus affligée de son départ. Je fis avertir
mon oncle; il reçut une confidence entière; et
ce vieillard, en soutenant que mon fils était fou
d'aimer ainsi une villageoise, s'attendrissait
autant que moi sur sa douleur. Je penchais à
différer le mariage de Suzette jusqu'au moment
où j'aurais la certitude que la santé de notre
fugitif ne courrait aucun danger; mais mon oncle
me fit sentir que l'instant était décisif, et qu'il
fallait rompre tout espoir, ou s'exposer à la voir
l'épouse de son amant. Je me rendis à ce conseil.
Le soir même j'écrivis à mon fils; je lui envoyai
un ordre en blanc pour toucher sur mon homme
d'affaires la somme qu'il croirait nécessaire à ses
plaisirs. Je lui parlai peu de sa résolution, pas
du tout de Suzette. Le lendemain matin, je fis
avertir cette jeune fille de venir me parler.

« Qu'avez-vous, Suzette? lui dis-je en la voyant;
vous êtes pâle; on croirait que vous avez
pleuré. — Oui, madame. — Si jeune encore,
vous avez donc aussi des chagrins? — Oui,
madame. — Est-ce que vous n'êtes pas bien dans
cette maison? — Si, madame. — Je veux, Suzette,

achever ce que j'ai fait pour vous, en vous donnant un mari qui vous rende heureuse. Auriez-
vous de la répugnance à vous marier? ajoutai-je
en voyant qu'elle soupirait. — Madame... —
Parlez-moi franchement. Est-il dans le village
quelque garçon qui vous ait témoigné de l'amitié, et pour lequel vous ayez de l'inclination? —
Oh! mon Dieu non, madame. — Ainsi vous n'aurez
point de chagrin en acceptant un époux de mon
choix? — Madame... M. le comte... — Eh bien!
M. le comte? — Il m'a défendu de jamais me marier sans sa permission. — Mon fils vous a fait cette
défense? — Oui, madame, bien des fois. — Que
répondiez-vous, Suzette? — Qu'il était le maître,
madame. — Et si c'était d'accord avec mon fils que
je cherchasse à vous trouver un établissement,
que diriez-vous?» Elle se mit à pleurer, et sa douleur me prouva trop que l'infortunée n'était pas
insensible à la passion d'Adolphe. Sa résistance
la rendait plus intéressante. Je crus devoir quitter
avec elle le ton d'une maîtresse, et, la faisant
asseoir, je la consolai et lui parlai raison. Suzette
ne m'interrompait que par ses sanglots, ou pour

convenir qu'elle s'était répété cent fois ce que je
lui disais ; qu'elle n'aurait jamais oublié ce qu'elle
devait à sa bienfaitrice, et que ce n'était pas sa
faute si M. le comte avait continué à lui témoigner tant de bonté ; qu'elle en était attendrie
jusqu'au fond de l'âme, quoiqu'elle n'en fît pas
semblant avec lui. Je lui persuadai que le soin
de sa réputation, et peut-être aussi la reconnaissance, lui imposaient l'obligation d'accepter un
époux ; je recommençai à la questionner sur
celui qui pourrait lui convenir ; elle me répondit
qu'elle n'aimerait jamais l'un plus que l'autre,
mais qu'elle recevrait celui qu'ordonnerait la
mère de M. le comte. Je la renvoyai presque
aussi attendrie qu'elle, lui donnant, pour gage
du contentement que me causait sa soumission,
l'anneau dont mon fils m'avait rendue dépositaire. Je n'étais pas intérieurement très-satisfaite
de cet acte de condescendance ; mais le courage
de cette enfant, le souvenir de mon fils qui n'avait
mis que ce prix à un sacrifice dont sa douleur
me faisait assez connaître l'étendue, l'emportèrent
sur la réflexion. Les volontés d'une âme déchirée

par une passion forte deviennent sacrées pour
les cœurs sensibles, alors même que la raison les
condamne.

Quand on veut marier une jeune fille, il suffit
d'en laisser percer le désir ; on peut être sûr que
toutes les femmes d'une maison se feront un
honneur d'y contribuer pour quelque chose. Ce
fut ma femme de chambre qui me parla la première d'un nommé Chenu, métayer d'une petite
portion de terre à trois lieues de mon château,
et qui joignait à sa métairie un trafic de bestiaux
dont le profit lui procurait une certaine aisance.
Il connaissait Suzette, et avait dit plusieurs fois
qu'il l'épouserait volontiers, parce qu'elle savait
lire et écrire, ce qui lui serait bien utile pour
son commerce, étant obligé de s'en rapporter à
sa mémoire qui souvent le mettait en défaut. Je
donnai ordre à mon concierge de voir cet
homme, de lui faire part de mes dispositions, et
de l'engager à venir me trouver s'il était toujours
dans les mêmes intentions.

Chenu ne fit pas attendre sa visite. Il paraissait
avoir trente ans ; sa tournure n'offrait rien qui

pût séduire, rien qui pût repousser. Il se présenta avec une assurance qui me fit bien augurer de son caractère; mais je voulus le mettre à l'épreuve.

« En quoi puis-je vous obliger, monsieur Chenu? lui dis-je pendant qu'il me saluait; parlez-moi sans contrainte. — Madame, on m'a dit que vous vouliez pourvoir mademoiselle Suzette, et si ma proposition vous agrée, je vous demande la préférence. — Vous aimez donc Suzette? — A vrai dire, elle ne me déplait pas, et tout le monde parle de sa douceur. — On assure que vous faites bien vos affaires, monsieur Chenu, et Suzette n'a rien. — Les bontés de madame ne lui manqueront pas, j'espère. — Ce que vous appelez mes bontés, monsieur Chenu, appartient de droit aux malheureux, et Suzette cessera d'en avoir besoin en vous épousant. Je me chargerai de son trousseau, c'est tout ce que je puis faire. — On ne m'avait pas dit ça; mais, si c'est la dernière volonté de madame, il faudra s'en arranger; car enfin, quand j'en épouserais une autre qui aurait quelque argent, je n'y trouverais pas, comme

dans mademoiselle Suzette, l'avantage d'une
femme qui sût écrire; et c'est tout ce que j'am-
bitionne. Cependant une petite somme n'aurait
rien gâté; cela m'aurait donné les moyens d'aug-
menter mon commerce, dans lequel il y a à
gagner; mais il faut de l'avance. — Eh bien!
dites-moi franchement, monsieur Chenu, quelle
somme comptiez-vous que je donnerais à Suzette
pour sa dot? — Ah! madame, ça ne peut pas se
dire. — Pourquoi donc, si je veux le savoir? Mon
intention est d'assurer le bonheur de cette enfant
qui le mérite à tous égards; et, si vos prétention ne surpassaient pas mes facultés, je serais
bien aise de faire quelque chose pour elle et pour
vous; car vous la rendrez heureuse, n'est-ce pas,
monsieur Chenu? — Pardine, madame, ça n'est
pas difficile. D'abord je suis la moitié du temps
en voyage; il n'est pas de foire à dix lieues à la ron-
de où je n'aille. Quand je reviendrai à la maison
bien fatigué, que Suzette aura écrit mes affaires,
j'aurai plus besoin de repos que de troubler
celui des autres. On dit que j'ai de l'ambition,
mais j'ai toujours remarqué qu'un homme bien

occupé n'est pas un mari querelleur. Suzette,
qui a de l'intelligence, fera valoir la métairie ;
quoiqu'elle ne soit pas d'un grand produit,
encore y a-t-il de quoi surveiller. Quand les foires
seront bonnes, je compte bien ne pas revenir
sans lui rapporter quelque chose. Elle est belle,
et je sais que les femmes aiment un peu la parure ;
d'ailleurs les bontés de madame l'y ont accoutumée, c'est bien naturel. Laissez faire ; que les
marchés aillent bien, elle ne se plaindra pas, ni
moi non plus. — Je suis contente de vos dispositions, monsieur Chenu, mais revenons à notre
premier point. Combien croyiez-vous que Suzette
vous apporterait en dot ? — Ma foi, madame,
puisque vous le voulez absolument, je vous dirai
qu'indépendamment de son trousseau, sur lequel
je m'en fie à la générosité de madame, j'avais
calculé que six cents livres d'argent sec me met-
traient à même de courir de bons marchés. Les
commencements sont toujours difficiles ; un peu
de comptant, un peu de crédit, et cela va. —
Allons, monsieur Chenu, puisque six cents livres
vous paraissent nécessaires, et que vous auriez

épousé Suzette sans cette somme, je suis charmée
de pouvoir récompenser votre désintéressement.
— Madame est trop bonne. — Je parlerai à cette
enfant; revenez demain, et si elle vous accepte,
comme je n'en doute pas, vous pouvez dès aujourd'hui compter sur une dot de douze cents
livres. »

J'aurais pu faire sans doute davantage pour
Suzette; mais fidèle à mon principe de ne pas
sortir de leur état ceux qui risquent leur bonheur en le quittant, j'avais encore un autre
motif. L'amour de mon fils pour cette intéressante créature avait fait un certain bruit dans
le château; c'était exposer sa réputation que de
ne pas borner mes bienfaits. Je voulais d'ailleurs
veiller toujours sur elle, et j'espérais procurer
un jour un fermage considérable à son époux;
espoir que les événements ont anéanti, et qui
m'ont fait trouver des bienfaiteurs dans ceux
que je regardais alors comme des protégés.

Je ne doutais pas de la résignation de Suzette;
j'aurais désiré qu'elle lui coûtât le moins possible;
en lui apprenant les dispositions que j'avais

faites pour elle, j'embellis de toute mon éloquence sa destinée à venir, pour la consoler de ses chagrins présents. « Vous êtes trop bonne, madame, était son unique réponse. Je ferai tout ce qui dépendra de moi pour être heureuse ; et, si je ne le suis pas, ma consolation sera que vous m'avez crue digne de l'être. » Je ne passai pas un seul jour sans la voir jusqu'à son mariage, qui se fit promptement ; le régisseur de ma terre assista à la signature du contrat, et je lui servis de mère pour la cérémonie.

Dans nos conversations, Suzette s'était enhardie jusqu'à me demander quelquefois si je recevais des nouvelles de mon fils, je ne doutai pas qu'elle n'eût appris la cause de son brusque départ, et que la certitude d'être toujours aimée ne la consolât en partie du sacrifice qu'elle faisait à la tranquillité de tous. Adolphe ne m'écrivait pas, mais j'étais indirectement informée de sa conduite. Je savais qu'il se montrait peu dans les sociétés, qu'il sortait souvent seul, presque toujours à cheval, et qu'une mélancolie très-prononcée affligeait ses amis, sans cependant

4

donner aucune inquiétude pour sa santé. C'était
tout ce que je pouvais désirer.

Libre de soins à l'égard de Suzette, je me dis-
posais à retourner à Paris avec mon oncle, qui
plus que moi ne pouvait vivre séparé de mon fils,
quand je reçus la lettre suivante :

ADOLPHE A MADAME DE SENNETERRE.

« En vous fuyant, ma mère, pour mieux vous
obéir, je vous avais fait entendre mon vœu pour
qu'au moins Suzette restât libre ; vous en avez ordonné autrement. Je viens d'apprendre, par un
homme sûr que j'ai laissé au château, un mariage
qui, en m'ôtant tout espoir, m'a ravi la force de
supporter mon affreuse position. Je n'ose vous
accuser, je ne m'en prends qu'à la fatalité de
ma destinée. Suzette aussi vous a obéi ; mon
exemple a décidé le sien. Puisse l'infortunée ne
jamais s'en repentir! Je sais, madame, que vous
allez revenir à Paris ; si c'est moi seul qui vous y
attire, épargnez-vous un voyage inutile. Ce que
je dois à mon nom m'a empêché d'être heureux.

J'accomplirai le sacrifice. Guidé par mon désespoir, je vais loin de la France défendre les armes
à la main des préjugés qui m'ont rendu le plus
infortuné des hommes. Je pars cette nuit. Que
ne puis-je mettre le monde entier entre moi et
mes souvenirs, entre la douleur et l'amour! Ma
mère, je suis si malheureux, que je crois vous
servir en vous ôtant le triste spectacle d'un fils
consumé par le chagrin. Si le ciel exauce vos
prières, il me ramènera digne d'apprécier ce
que vous avez cru devoir faire pour mon
bonheur. Mon cœur en gémit sans oser en mur-
murer. Si le ciel écoutait mes vœux... Ah! ma
mère, continuez de plaindre votre fils! »

Cette lettre me jeta dans un anéantissement total; je la relus vingt fois sans pouvoir me persuader la vérité de ce qu'elle contenait. Mon fils fugitif, mon fils s'éloignant de moi, livré au plus
sombre désespoir, quel coup terrible pour une
mère qui croyait n'avoir que de la reconnaissance
à attendre! Cependant, j'en atteste le ciel, mon
premier mouvement fut de m'accuser de trop de

sévérité ; et si le passé eût été en ma puissance,
si mon Adolphe eût été présent, les préjugés,
l'ambition, mes principes même, tout eût cédé
au désir de le conserver près de moi. Jeunesse
imprudente ! que vous nous faites acheter chère-
ment les plaisirs dont la nature a mis le premier
germe dans nos cœurs ! et quel empire n'avez-vous
pas sur nous, puisque nous préférons souvent
douter de notre raison, à la douleur cruelle de
de ne pouvoir douter de votre ingratitude !

Ainsi, ce jeune inconsidéré, ne suivant que sa
passion, avait méprisé la noblesse lorsqu'elle
était un obstacle à l'accomplissement de ses
désirs ; il la prenait pour guide de sa conduite
au moment où elle favorisait ses desseins : dans
l'une et dans l'autre circonstance, c'était à
l'amour seul qu'il sacrifiait. Mon oncle fut
pénétré de cette nouvelle foudroyante, et alar-
mé de l'effet qu'elle produisait sur moi ; mais,
incapable de s'arrêter à des consolations vagues,
il remit le calme dans mon âme en me pro-
posant de partir à la première lettre que je re-
cevrais de mon fils. S'il ne pouvait le décider à

revenir, son intention était de ne le pas quitter,
de lui servir de guide, et de profiter de l'occasion
pour lui faire entreprendre des voyages qui per-
fectionneraient son éducation. Ce projet, bien
digne de l'amitié paternelle de ce bon vieillard,
fut la dernière marque de son attachement.
Il mourut au moment de le mettre à exécution.

Je restai donc abandonnée à moi-même, au
milieu d'une révolution dont je ne parlerai que
dans les rapports qu'elle aura avec moi. Je recevais quelques lettres d'Adolphe, qui retardait
sans cesse un retour qu'il me faisait sans cesse
espérer. Par la dernière, il m'annonçait son projet de passer à Saint-Domingue, dans l'intention
de voir son oncle, et de revenir ensuite pour ne
plus me quitter. Mais, avant qu'il pût acquitter
sa promesse, j'eus la douleur de voir les lois élever une barrière éternelle entre mon fils et moi.
Hélas ! ce n'était que le commencement d'un
enchaînement de malheurs qui devaient se dé-
rouler avec une étonnante rapidité.

J'appris bientôt les désastres de Saint-Domingue ; et en perdant toute ma fortune, il me

fallut trembler pour les jours de mon fils, pour
ceux d'un frère qui m'était cher à tant de titres.
Les nouvelles qui arrivaient en France n'annon-
çaient que des calamités ; la cruelle renommée
ne permettait pas de douter de l'ensemble des
maux qui désolaient cette malheureuse colonie ;
mais elle laissait sur les détails une incertitude
accablante. J'implorai l'assistance du ciel pour
ma famille ; chaque intervalle de courrier était
pour moi une année de souffrance. Enfin, je
reçus de Philadelphie une lettre de mon fils. La
voici :

ADOLPHE A MADAME DE SENNETERRE.

« Madame, que ne suis-je auprès de vous pour
recevoir vos consolations, pour vous soutenir de
mon courage! C'est dans ces moments affreux
que je sens trop combien l'amour m'égara, puisque je suis loin de ma mère. Ayez la force de
vivre pour un fils qui ne respire aujourd'hui que
pour vous, qui ne croirait pas trop payer de sa
vie la douceur de mêler ses larmes aux vôtres.

Quel récit j'ai à vous faire! le pourrai-je, grand
Dieu! Ma main tremble, mon cœur se serre....

» Déjà sans doute vous avez entendu parler
des évènements arrivés à Saint-Domingue ; mais
vous ignorez peut-être encore ce qui concerne
notre malheureuse famille et vos propriétés. Je
n'ai pu aborder ces contrées, où la guerre civile
joint à ses fureurs ordinaires une activité aussi
brûlante que le climat : c'est à Philadelphie que
j'ai appris que mon oncle et son épouse... Ils ont
péri au milieu de tourments dont le seul souvenir
épouvante l'imagination. Non, jamais, jamais je
n'aurai le courage de rappeler ces massacres qui
font frémir l'humanité. Puissiez-vous toujours
en ignorer les détails!....

» On ne doute point ici que le machiavélisme
d'un gouvernement dont la prospérité de Saint-
Domingue humiliait l'orgueil n'ait préparé de
loin sa dévastation. Ses projets n'ont été que
trop bien accomplis; et lorsque tous les partis
s'accusent, la ruine de cette colonie, si brillante
encore il y a quelques jours, accuse tous les
partis...

» Il ne faut pas se faire illusion, ma mère ; nos habitations sont détruites de fond en comble, les ateliers brûlés ; le résultat d'un siècle de travaux, de prospérité et d'économie, anéanti. La misère des colons réfugiés à Philadelphie ferait peine à leurs plus mortels ennemis ; ils sont d'autant plus à plaindre, que le passage de l'opulence à la détresse a eu pour eux la rapidité de l'éclair. Du moins, ma mère, vous ne connaîtrez pas ce dernier malheur ; tous les biens de mon père sont à vous. Ils vous appartiennent de droit, puisque vous les avez, pour ainsi dire, rachetés ; ils vous appartiennent à un titre plus sacré, puisqu'ils sont les biens de votre fils. Ma mère, puissiez-vous en jouir longtemps ! Puissions-nous, bientôt réunis, pleurer nos malheurs communs, et oublier ensemble les chagrins et les passions inséparables de la vie ! »

L'infortuné Adolphe ne prévoyait pas les malheurs qui allaient bientôt accabler sa mère. Je vis apposer les scellés chez moi ; j'appris qu'ils avaient été mis sur mon hôtel à Paris et sur les autres possessions de mon époux. Je pus à peine obtenir quelques-uns de mes effets particuliers, et la permission de conserver un logement dans le château que j'habitais.

Privée de fortune, dépouillée de toute splendeur, c'est alors que je connus l'humanité, qui jusqu'à ce moment s'était embellie à mes yeux. Ceux qui ne m'abordaient que pour me plaire cessèrent de se contraindre quand ils n'eurent plus rien à espérer; et la pitié insultante des uns me révoltait plus que l'ingratitude des autres. Les paysans que j'avais comblés de bienfaits ne calculaient plus ce qu'ils pouvaient tirer de mes dépouilles; ils abattaient les bois, ils se partageaient des terrains qui, depuis des siècles, appartenaient à la famille de M. de Senneterre, en cherchant à se persuader qu'ils étaient communaux.

Je les excuse aujourd'hui; alors leur ingratitude ajoutait à mes supplices, et je me décidai à retourner à Paris pour me soustraire à un spectacle qui me brisait le cœur. Il m'en coûta pour me séparer de mes domestiques, dont la plupart m'étaient entièrement dévoués; mais l'état de mes affaires exigeait ce sacrifice, que je retardais depuis trop longtemps. Je n'amenai avec moi qu'Augustine, ma femme de chambre, qui voulut absolument me suivre , et, sans le domicile que son mari nous offrit à Paris, j'aurais été forcée de me loger en chambre garnie.

Depuis les désastres de Saint-Domingue, mes parents s'étaient réfugiés en province par économie; une partie de la famille de M. de Senneterre était émigrée, l'autre retirée dans ses terres. Un seul de ses cousins germains avait conservé son domicile dans la capitale ; mais il m'avait abandonnée depuis le testament, qui ne lui donnait aucun droit à la tutelle de mon fils. Il avait pris, dans la révolution, un parti qui lui acquit d'abord beaucoup de popularité, et qui finit par le conduire à l'échafaud. Je lui rendrai justice cependant; il eut de l'ambition, mais il ne fut pas traître envers ceux dont il avait embrassé la cause. Dans ma position, d'ailleurs, je ne pouvais pas chercher à le voir ; je préférais, à un reste d'éclat sans indépendance, une retraite profonde où je pusse m'occuper en liberté de mon fils et de ma douleur.

Cette retraite me fut bientôt enlevée. Je ne pus ni ne cherchai à me soustraire au décret qui ordonnait d'incarcérer les parents d'émigrés. Je ne tenais plus à l'existence que par une résignation religieuse; privée même de la consolation de recevoir des nouvelles de mon Adolphe, accablée du sort dont il était menacé, j'aurais remercié mes bourreaux du coup qui m'eût arraché la vie. Dans ces moments affreux, où tout était ravi jusqu'à l'espoir, il fallait plus de courage pour vivre que pour se résoudre à mourir.

Je passai treize mois en prison, et surtout les six derniers, sans autres secours que ceux que la crainte de nous voir périr de faim arrachait à nos geôliers. En butte à toutes les humiliations, oubliant nos malheurs au récit de ceux de nos compagnes, n'osant céder à l'impulsion qui nous portait à nous aimer, pour éviter la douleur d'une séparation éternelle; éprouvant cependant cette douleur sans avoir joui des charmes de l'amitié, tantôt accusant la lenteur de la mort, tantôt frémissant involontairement à l'idée de la destruction; ne recevant du dehors d'autres nouvelles

qu'un journal chargé de la longue liste des victimes qui avaient péri la veille, parmi lesquelles
nous cherchions, avec autant d'effroi que d'avi-
dité, le nom de nos parents, de nos amis, des infortunés que, le jour précédent encore, nous
avions serrés dans nos bras... Non, l'âme ne peut
supporter le souvenir de cette situation. Je le
dirai cependant, je le répéterai jusqu'à mon dernier soupir, parce que la vérité doit être connue.
Dans ces prisons où nous étions entassées comme
des animaux destinés à la boucherie, où nous
étions traitées plus sévèrement que les plus
grands criminels, si nos tyrans avaient osé y
demeurer parmi nous, ils auraient eux-mêmes
admiré combien l'exercice de toutes les vertus y
était facile; ils auraient reculé devant la fatalité
qui les entraînait à égorger tant de Français,
dont la plupart étaient l'ornement de leur siècle,
et dont l'exemple, dans la société, l'eût garantie
peut-être d'une dépravation que les lois les plus
sages auront bien de la peine à arrêter.

Enfin les massacres cessèrent et les prisons
s'ouvrirent. Grâce à l'activité de ma femme de

chambre, de cette bonne Augustine qui était
alors ma seule amie, mon tour arriva. Elle m'ap-
porta elle-même l'ordre de ma liberté, qui ne me
causa une joie momentanée que pour me faire
réfléchir plus profondément sur l'étendue de ma
misère. Je n'avais plus rien, rien que quelques
bijoux avec lesquels j'étais décidée à mourir :
c'étaient les portraits de mon fils et de mon époux.
Je ne voulais pas rester à la charge de cette
femme respectable, que le malheur des temps
avait forcée à chercher une nouvelle condition.
Quoiqu'elle fît tout pour me cacher la grandeur
de ses sacrifices, mon cœur la devinait, et la reconnaissance n'ôtait rien au supplice de vivre de
ses privations Je savais tout ce qu'une femme
peut savoir, excepté vivre du travail de ses mains ;
d'ailleurs le chagrin avait miné ma santé, au point
de me ravir la possibilité d'une occupation con-
tinue.

Il ne me restait qu'une ressource ; c'était de
servir. La première fois que j'y pensai, des larmes de sang coulèrent de mes yeux. La fierté,
qui sauve souvent du vice, qu'il faut modérer et

ne jamais éteindre, se révolta avec une violence dont il serait impossible de calculer la force. Moi, née avec une fortune immense, entourée d'esclaves pendant ma jeunesse, de protégés dans tous les temps ; moi n'ayant plus rien qu'un nom respectable par des traits héroïques, que l'histoire attestera à la postérité la plus reculée... servir ! Oh ! mon Dieu, vous vîntes encore à mon secours, et l'orgueil s'abaissa devant les préceptes de votre morale.

A force d'y réfléchir, je me rendis peu à peu cette idée plus familière ; je m'y accoutumai enfin, au point de pouvoir en parler à Augustine, sans lui découvrir une répugnance plutôt vaincue que détruite. Elle voulut s'y opposer, mais je fus inflexible ; et je la suppliai d'employer ses efforts pour me procurer une place telle que je la désirais, c'est-à-dire le soin de présider à l'éducation de quelques jeunes personnes, seul emploi auquel je fusse véritablement propre. Il était inutile de lui prescrire de me recommander sous un autre nom que le mien, et seulement comme une infortunée qui avait tout perdu dans la révolution.

Quelques semaines après, Augustine, le cœur gros, les yeux mouillés de larmes, vint me dire qu'elle m'avait obéi, et me présenta une lettre pour une femme fort riche, qui désirait avoir auprès d'elle une personne instruite, de mœurs respectables, et pour laquelle elle promettait les plus grands égards. Je pris la lettre et ne pus remercier Augustine autrement qu'en lui serrant la main. Je m'appesantirai sur cette époque si remarquable de ma vie.

Je tenais la lettre destinée à me servir de recommandation; j'avais les yeux fixés sur l'adresse, et je ne la voyais pas. Absorbée dans l'immensité des pensées qui se succédaient, je ne pensais plus. La foudre, je crois, serait tombée à mes pieds, que je n'aurais pas été émue. Insensiblement mes idées s'éclaircirent, et je demandai : Que dirai-je? Je ne trouvais pas de réponse à cette question. J'examinai enfin le nom de la personne que j'allais servir; elle s'appelait Depréval, et je réfléchissais machinalement sur ce nom, comme s'il eût pu m'apprendre quelque chose de l'avenir que je redoutais. Ex-

trêmement fatiguée de ne pouvoir m'arrêter à
rien, je me couchai. Pas un instant de sommeil.
Une femme, la veille d'être présentée à la cour,
n'était pas plus occupée de sa toilette que moi
de la mienne. Je craignais d'inspirer de la pitié ;
je craignais encore plus de ne pouvoir adoucir
un air de dignité que la nature et l'habitude de
commander avaient répandu sur toute ma personne. Je redoutais surtout de ne pouvoir supporter avec résignation les questions auxquelles
il fallait m'attendre. Le jour me surprit, et je
n'avais encore rien résolu. J'aurais souhaité
éloigner le moment fatal, mais j'appréhendais,
en le différant, de manquer l'occasion de cesser
d'être à charge à la pauvre Augustine. Ceux qui
n'ont pas connu l'éclat et l'opulence en naissant
se feront difficilement une idée de ce qu'il en
coûte pour subir l'humiliation. Il ne faut qu'un
jour pour payer bien cher des jouissances qui
pourtant ne donnent aucun véritable plaisir
puisqu'elles ont toujours eu la monotonie de
l'habitude. On ne les apprécie qu'en les perdant.

A dix heures, j'étais prête, et je balançais

encore. L'idée d'arriver trop tôt, de faire antichambre, de me trouver peut-être, pour essai, la
camarade d'un de mes anciens laquais ; l'idée
plus affreuse d'être congédiée après avoir subi un
insolent interrogatoire, me poursuivaient involontairement. Enfin, je m'arme de courage, je
descends rapidement l'escalier, et me voilà dans
les rues, marchant à pas précipités, tremblante
qu'on ne lût sur mon visage ce qui se passait
dans le fond de mon âme. J'étais vêtue de noir,
et je n'osais arrêter les yeux sur personne, quoiqu'un voile assez épais me mît à l'abri des regards.
J'arrive à la porte de ma maîtresse future ; je la
demande, appréhendant qu'elle ne fût sortie ;
on me répond qu'elle est chez elle, et j'en
éprouve une sorte de chagrin. Je monte ; mes
genoux fléchissaient. Je m'adresse au premier
domestique que je rencontre, en le priant de me
faire parler à sa maîtresse ; il me dit d'attendre,
qu'il va faire avertir une des femmes de madame ;
je m'assieds, et j'attends. Une demi-heure se
passe, pendant laquelle une foule d'allants et de
venants, tous pour monsieur, m'ôtent la faculté

de réfléchir sur toute autre chose que la crainte
d'être reconnue. Une femme arrive, me demande qui je suis, et ce que je veux à sa maîtresse. — Je désire lui parler. — De quelle part?
— De la mienne. — Votre nom? — Je ne peux le
dire qu'à elle-même. — Madame est rentrée fort
tard; elle n'a point encore sonné. — J'attendrai.

Madame sonna à l'instant même, et presque
aussitôt on vint me dire que je pouvais entrer.
Je suis mon introductrice à travers plusieurs
pièces dont l'ameublement, l'élégance, la richesse
m'étonnèrent, moi qui avais joui autrefois de
tout ce qu'on admirait. Nous entrons dans une
chambre à coucher où il faisait un léger demi-
jour; madame était encore au lit. Je lui présente
ma lettre en tremblant; elle m'engage à m'asseoir, me demande excuse de s'habiller devant
moi, ajoutant qu'elle avait préféré me faire
entrer à me laisser dans une antichambre où il
passait continuellement du monde. Son ton d'a-
ménité me rassura ; cependant je n'osais lever
les yeux sur elle. Tout ce que je pus remarquer,
tandis qu'on lui présentait une robe du matin,

garnie de dentelles, c'est qu'elle était d'une taille
admirable et remplie de grâces naturelles. Enfin
la toilette s'achève ; elle ordonne à sa femme de
chambre d'ouvrir et de nous laisser. Tandis qu'elle
brise le cachet de la lettre, la parcourt, je baisse
les yeux, je jette mon voile en arrière. Au même
instant, j'entends un cri perçant ; cette femme
tombe à mes pieds en répétant : « Madame de
Senneterre ! ô ciel ! madame de Senneterre ! »
Je la regarde, c'était Suzette.

Elle était sans connaissance ; je la porte sur
son lit ; je sonne, on accourt, on lui prodigue
des secours dont j'avais presque autant besoin
qu'elle, car j'étais retombée sur un fauteuil, ne
pouvant ni parler ni agir. Son mari, les personnes
qui se trouvaient chez lui, tous les gens de la
maison étaient accourus, et attendaient avec
inquiétude qu'elle reprît ses esprits. Bientôt elle
ouvre les yeux et me cherche ; la foule me cachait ; elle me demande, et j'approche.

« Oh ! madame, ma bienfaitrice ! » s'écrie-t-elle.
Je lui mets la main sur la bouche, en lui recom-
mandant le secret.

« Impossible, impossible, madame. Comment
cacherais-je ma joie? pourquoi rougirais-je de
ma reconnaissance? pourquoi rougiriez - vous
de vos malheurs, vous dont la vie fut un acte
continuel de vertus et de bienfaisance? Monsieur, dit-elle à son mari, vous ne la reconnaissez
donc pas? Elle est si changée! vous ne reconnaissez pas madame de Senneterre? »

Son mari s'approcha de moi avec autant d'embarras que d'empressement, et me fit un compliment qui me prouva ce qu'il est si facile de vérifier chaque jour, que chez les femmes la sensibilité et le goût suppléent à l'éducation, tandis
qu'un homme qui a eu le malheur de n'en pas
recevoir, n'est jamais plus mal placé que dans
une situation qui fixe les regards sur lui.

Suzette demanda qu'on nous laissât seules,
avertit son mari, d'un ton caressant, qu'elle n'irait
pas dîner en ville, le pria de l'excuser sur sa
santé; et aussitôt que nous fûmes tête à tête, elle
me prodigua des caresses d'un ton si aimable et
si respectueux, qu'elle fit passer dans mon âme
toutes les émotions qui agitaient la sienne.

« Vous ne me quitterez point, n'est-il pas vrai, madame? vous aurez ici votre appartement, vous y serez servie comme si vous étiez ma mère. Eh! ne l'avez-vous pas été? Libre de commander dans toute la maison; moi-même je ne me présenterai chez vous que lorsque vous le permettrez. Qu'est devenue Augustine? Est-ce qu'elle vous a aussi abandonnée? »

« Non, madame, lui dis-je d'un ton un peu embarrassé. — Madame! reprit-elle avec chagrin. Si je ne suis pas Suzette pour vous, je ne le serai donc plus pour personne au monde. Voyez, voyez l'anneau que vous m'avez recommandé de ne pas quitter, le voilà. Toujours à mon doigt, il me rappelait..... » Elle s'arrêta en rougissant. » Madame, ajouta-t-elle les yeux humides, appelez-moi Suzette, cela soulagera mon cœur. »

« Eh bien! Suzette, ma fille, lui dis-je en l'embrassant, Augustine ne m'a point abandonnée; mais elle n'est pas heureuse. Le fruit de ses économies, placé d'abord avantageusement, lui a été remboursé en papier. Forcée de se remettre

en maison, c'est moi qui ai voulu cesser d'être
à sa charge. »

« Il faut la reprendre, madame; il n'y a qu'elle,
et moi qui puissions avoir pour vous les attentions
qui vous sont dues. Ah ! si j'avais su vos malheurs!
Mais deux craintes enchaînaient mes pas, celle
d'humilier ma bienfaitrice par mon opulence,
et celle de vous faire soupçonner que votre fils.....
Il doit être aussi bien à plaindre, votre fils,
madame ! »

Cette réflexion de Suzette me fit répandre des
larmes; elle crut alors ne devoir plus cacher les
siennes. Quand nous fûmes un peu remises, je
pris la parole.

« Mon amie, en veillant sur votre enfance j'ai
rempli un devoir; ce que j'ai fait pour vous
depuis n'était qu'une dette que je payais à la
générosité de votre conduite. Je suis sensible à
votre reconnaissance, et je rougirais de moi-même
si j'éprouvais la moindre répugnance à en profiter; mais, ma Suzette, il faut en borner les effets.
Je suis résignée à mon sort, et j'ai plus besoin
de tranquillité que des dehors de l'opulence.

Songez d'ailleurs que vous êtes en puissance de
mari, et que, quelque considérable que puisse
être votre fortune, elle vous appartient moins
qu'à lui. Laissons Augustine... »

« Pardon, madame, si je vous interromps;
mais vous ne connaissez ni ma situation, ni mon
cœur. M. Chenu ou Depréval, comme il vous
plaira de l'appeler, n'a d'autres volontés que les
miennes, et n'a jamais désiré que me rendre
heureuse. Depuis mon mariage, le premier moment de bonheur que j'ai éprouvé est celui où
j'ai vu la possibilité d'être utile à ma bienfaitrice.
Plus je ferai pour vous, plus je m'apercevrai que
mes soins vous seront agréables, et plus j'ap-
procherai de la félicité qu'il m'est permis d'espérer. Pourvu que mon époux voie la joie répan-
due sur ma figure, il applaudira à tout ce que je
ferai; et en vérité, Augustine de plus ou de moins
dans la maison ne le frapperait même pas, si je
n'étais très-décidée à la lui faire remarquer,
pour qu'il la récompense de sa conduite envers
vous. Mais, laissant à part le bonheur inappré-
ciable que mon cœur trouve à réparer, autant

qu'il est en moi, l'injustice du sort à votre égard,
quand vous connaîtrez mon histoire, vous conviendrez, madame, que la reconnaissance sera
toujours de mon côté et les bienfaits du vôtre.
Nous aurons le temps de parler de moi : c'est de
vous, de vous seule qu'il faut nous occuper aujourd'hui. »

A peine m'eut-elle installée dans l'appartement
qui m'était destiné, qu'elle écrivit à Augustine ;
le soir même je l'avais auprès de moi. Son activité semblait doubler son existence pour prévenir
mes goûts ; et je ne pouvais m'opposer à rien
de ce qu'elle faisait pour moi, sans l'affliger. Mais,
le lendemain, je ne la vis qu'un instant, le jour
suivant de même. Quoique j'eusse trouvé chacune
de ces journées ma toilette chargée de plus
d'étoffes qu'il n'était nécessaire, dans ma position, pour réparer ce que le temps et les malheurs m'avaient ravi, j'étais peinée de sa conduite,
et humiliée de ses bienfaits. Je ne savais comment concilier les premières marques de sa sensibilité, avec un abandon aussi extraordinaire.
Suzette élevée par moi, Suzette, telle que je

l'avais vue lorsque le hasard me conduisit chez
elle, était une amie à laquelle je pouvais tout
devoir sans rougir ; mais madame Depréval, livrée
à la dissipation, n'avait ni le droit ni le pouvoir
de me faire rien accepter. Je tremblais que l'o-
pulence ne l'eût corrompue ; et dès lors, sans
emploi, sans considération, il me devenait impossible de rester dans sa maison, et d'associer
mon nom à celui d'une femme jeune, belle,
riche et entièrement asservie par les plaisirs. La
misère est plus facile à supporter que la honte. Il
m'en coûtait cependant de la juger sévèrement ;
j'attendais avec impatience le moment de m'expliquer, en conciliant ce que je devais à mes
principes avec les ménagements qu'exigeaient
ma position servile et l'indépendance de madame
Depréval.

Le troisième jour, elle me fit demander à déjeuner chez moi. En entrant, elle me prodigua
les plus tendres caresses. « Je ne sais, me dit-
elle, ce que vous aurez pensé de moi ; mais j'a-
vais des engagements qu'il m'était impossible de
rompre sans affliger mon époux, et je voulais

être entièrement libre, afin de vous ouvrir mon cœur. Je ne suis pas heureuse ; j'aime la vie solitaire, et je suis forcée de me livrer à la société ; j'aime la simplicité, et le luxe, la prodigalité m'entourent. Ecoutez-moi, madame, avant de me juger. Suzette a besoin de vos conseils ; et comment la guiderez-vous, si vous ne connaissez pas entièrement sa situation ? L'histoire de ma vie n'est, pour ainsi dire, que le tableau des mœurs du siècle ; j'ai bien peur qu'elle soit sans intérêt pour vous. »

Sa franchise me rendit la bonne opinion que j'avais conçue d'elle ; je l'assurai que j'étais disposée à l'écouter avec indulgence, et que, jetée dans un monde qui me paraissait effectivement bien nouveau pour moi, je lui saurais gré de ne m'épargner aucun détail. Nous nous assîmes plus près l'une de l'autre ; elle commença en ces termes :

« Je voudrais en vain vous le cacher, me le dissimuler à moi-même ; j'aimais votre fils au point que le sacrifice de ma vie pour lui épargner un instant de peine ne m'aurait pas coûté un soupir. Grâce à vos soins, à l'exemple que vous donniez à tous ceux qui vous entouraient, la vertu m'était aussi chère que mon amour; je pouvais souffrir, mais non manquer à mes devoirs. Vous m'avez vue résignée à mon sort, je l'étais de même après mon mariage; et, s'il m'était impossible d'échapper à mes souvenirs, du moins mes souvenirs n'existaient-ils que dans le secret de mon âme.

» M. Chenu n'avait pas d'amour pour moi ; je crois que ce sentiment lui sera toujours étranger ; mais il me respectait comme un être qui lui était supérieur. L'ordre que je mettais dans ses affaires, les avis que j'étais à même de lui suggérer lorsque j'écrivais ses marchés, me donnèrent auprès de lui la plus grande considération. Il n'est pas d'homme sans passion, la sienne est d'acquérir, et tout lui prospérait depuis son mariage. Aussi ne trouvait-il pas extraordinaire ce que tout autre que lui eût blâmé dans une femme de mon état. Je passais à lire tous les moments qui n'étaient pas nécessaires aux soins de mon ménage ; et lorsque M. Chenu me pressait de lui

dire ce que je désirais qu'il me rapportât de telle
ou telle ville où son commerce l'appelait, c'était
toujours des livres que je lui demandais. Comme
il n'en a jamais ouvert un de sa vie, que sa fortune augmentait considérablement, il se per-
suada que plus je me livrais à la lecture, plus
j'étais à même de gérer ses affaires; je l'entretins
dans une erreur qui le rendait si docile à mes
goûts. Dès ma tendre jeunesse, j'ai senti un désir
insurmontable de savoir, et c'est à votre fils que
j'ai dû les premiers livres qui m'ont été confiés.
Je peux affirmer encore aujourd'hui qu'il n'en
est pas un, madame, que vous m'eussiez interdit; c'étaient des romans, il est vrai, mais dans
lesquels les mœurs et le bon sens étaient res-
pectés.

» Plus le commerce de M. Chenu s'étendait,
plus je lui devenais nécessaire. Il quitta la
métairie que nous faisions valoir : il acheta, à
l'entrée du faubourg de la ville la plus prochaine,
une maison considérable par l'étendue des
bâtiments, et qui cependant suffisait à peine à
contenir les bestiaux qu'il y déposait momenta-

nément, et qui se succédaient avec une promp-
titude vraiment étonnante. Il ne comprenait pas
comment je pouvais tenir des registres si exacts
de toutes ses opérations, que jamais la moindre
erreur ne se glissât dans ses comptes; il me
révérait comme l'instrument de sa fortune, et
voulut, pour la première fois, que je fusse vêtue
et servie en dame: ce furent ses expressions.
Que vous dirai-je? Il fit des soumissions, des
fournitures, s'associa à des compagnies, prit des
commis, conserva l'habitude de les faire travailler avec moi comme il y travaillait autrefois
lui-même. Son opulence devint telle qu'il ne la
connaissait plus; toujours simple, toujours
laborieux, il ne savait pas dépenser, et ne croyait
pas qu'on pût rien ajouter au bonheur dont il
jouissait. Que n'a-t-il toujours pensé de même !

» De nouvelles entreprises l'amenèrent à Paris.
La veille, le sang de victimes y coulait encore,
et déjà les plaisirs y régnaient. Il exigea que j'y
vinsse avec lui, espérant que ce voyage me serait
agréable, et convaincu qu'il n'entreprendrait
rien d'avantageux s'il ne m'avait pas là pour me

consulter. Nous descendîmes dans un hôtel
garni, où nous prîmes un appartement com-
mode et modeste. Le lendemain, M. Chenu,
en me prévenant que nous irions dîner chez un
de ses associés, me parla, pour la première fois,
de la nécessité de faire une grande toilette. Il ne
cessait de m'entretenir de la maison de son
associé, de ses laquais, de ses équipages, revenait
de nouveau à ma toilette, et me recommandait
surtout de ne rien épargner.

» Accoutumée à ne jamais le contrarier, et
n'ayant nulle idée de Paris et de la société dans
laquelle j'allais me trouver, je me parai de ce
que j'avais de plus beau, et crus surtout mettre
le dernier degré de luxe à mon ajustement en
m'accablant des joyaux d'or que M. Chenu
m'avait rapportés de ses différents voyages. On
peut dire qu'il les achetait au poids. Nous par-
tons de notre hôtel garni à quatre heures ;
nous étions à l'entrée de l'hiver. Un fiacre nous
attendait à la porte. Il accroche en route, casse ;
heureusement nous ne sommes pas blessés ;
mais la peur m'avait saisie au point que nous

fûmes obligés d'entrer chez une marchande qui
eut la complaisance de me donner les secours nécessaires dans mon état, et d'envoyer chercher
une autre voiture. M. Chenu était plus occupé
de ma toilette que de ma santé ; il en parla tant,
que la marchande crut l'obliger en y ajustant ce
que la chute pouvait avoir dérangé, attention
qui effectivement lui fit tant de plaisir, qu'il
promit de lui donner sa pratique lorsqu'il mon-
terait sa maison. Ces mots me frappèrent. Enfin
la voiture arrive ; nous nous y plaçons, et, à
cinq heures et un quart, nous arrivons à la
Chaussée-d'Antin, où logeait l'associé de mon
mari.

» La porte cochère s'ouvre ; notre fiacre enfile
une avenue garnie d'arbres de chaque côté, et
éclairée de deux fanaux soutenus par des statues
de bronze. Il s'arrête dans une cour superbe,
où des réverbères, placés à égale distance, me
font apercevoir huit ou dix équipages magni-
fiques, dont les chevaux, à peine domptés,
frappaient le pavé avec impatience, et se ca-
braient dans des harnais d'une richesse éblouis-

sante. Je ne sais quel sentiment j'éprouvai; mais, en descendant de la voiture, mes genoux tremblaient au point que j'avais peine à me soutenir. Nous entrâmes dans un vestibule décoré par des colonnes de marbre; et après avoir traversé plusieurs pièces qu'un nuage répandu sur mes yeux m'empêcha de distinguer, nous arrivons à une porte fermée. Un domestique pousse les deux battants, crie : *Monsieur et madame Chenu !* et, sans savoir comment, je me trouve au milieu d'un cercle nombreux, où les éclats de rire et les révérences m'accueillent à la fois.

» Tout le monde restait debout; le sang me portait à la tête au point que je crus, dix fois dans une minute, être au moment de perdre connaissance. Enfin, la maîtresse de la maison, faisant tous ses efforts pour prendre un air sérieux que les contorsions de sa bouche trahissaient involontairement, vient à moi, m'embrasse, et me fait asseoir auprès d'elle. Malgré son air moqueur, je l'aurais aussi embrassée de bon cœur pour m'avoir ôtée d'une position dans laquelle, je crois, je serais encore sans son secours.

» A peine fus-je assise, que les jeunes gens se mirent à tourner derrière moi, et les mots : c'est charmant, admirable, impayable, interrompaient seuls le silence ou les éclats de rire qui se succédaient alternativement. Les hommes à argent, parmi lesquels était M. Chenu, s'étaient retirés dans un coin du salon, où sans doute ils parlaient d'affaires. Huit femmes, en me comptant, occupaient le contour de la cheminée. Je n'osais les regarder ; mais en vain je détournais les yeux : de tous côtés, les glaces me montraient les regards attachés sur moi, et les grimaces, les coups d'œil qui servaient d'interprètes entre ces dames et les jeunes cavaliers. Je sentais trop bien que j'étais ridicule, pour ne pas être humiliée qu'on me le fit sentir. En effet, quand je comparais ma toilette sur laquelle M. Chenu s'était extasié, les joyaux dont j'étais chargée, le lourd bonnet qui m'enterrait la figure, et que j'avais soigneusement rapporté de ma province ; quand je comparais tout cela aux robes légères et richement

6

brodées de ces dames, aux diamants qui seuls
couvraient leur poitrine entièrement nue, et dé-
coraient leurs bras découverts jusqu'aux épaules,
à ces cheveux artistement arrangés, dont la cou-
leur cependant me paraissait extraordinaire,
car elles étaient toutes brunes avec des sourcils
blonds, ou blondes avec des sourcils noirs, je ne
les trouvais pas jolies assurément ; mais un
instinct secret m'avertissait qu'une de ces femmes,
dans un cercle de ma province, eût paru aussi
bizarre que je l'étais dans ce cercle d'élégantes,
et il me suffisait d'en faire intérieurement la remarque pour être au supplice. Je m'en rapporte
au cœur de toutes les femmes pour dire ce que je
devais souffrir ; mais je n'étais pas au bout.

« Madame va sans doute ce soir au concert du
théâtre Feydeau », me dit en grasseyant une
femme que je regardai en face, et dont la gorge
rebondie, les gros bras rouges, le costume grec,
la figure enluminée, me rappelèrent involontairement une bacchante que l'on admirait dans
la galerie du château de Senneterre.

« Il fallait répondre à cette question ; c'était

pour moi un très-grand embarras. Je n'avais pas
encore ouvert la bouche, et je craignais de dire
une sottise, car je ne savais pas ce que c'était
que le concert du théâtre de la rue Feydeau ; et,
dans le fond de mon âme, j'aurais donné tout ce
que je possédais pour être seule chez moi ou
dans ma maison de province ; mais il n'était pas
question de partir, il s'agissait de répondre, et je
gardai le silence.

« Sans doute, madame viendra avec nous »,
répondit pour moi la maîtresse de la maison ; il
faut bien qu'elle connaisse ce qu'il y a de plus
délicieux à Paris.

« Si M. Chenu l'ordonne, madame, je me ferai
un plaisir de lui obéir. »

« Pendant cinq minutes j'entendis bourdonner
à mes oreilles le nom de M. Chenu par les jeunes
gens qui m'entouraient. Enfin l'un d'eux s'approcha tout à fait de moi.

« Madame, me dit-il, M. Chenu n'est pour
rien dans cette affaire. Si vous le permettez,
nous nous ferons tous un devoir de vous apprendre les usages de Paris. Il y a en vous de quoi

faire une jolie femme, et, ma parole, il serait
affreux que M. Chenu conservât le moindre empire sur vos volontés. M. Chenu est né pour gagner de l'argent, vous pour le dépenser;
M. Chenu est venu à Paris pour ses affaires, vous
pour jouir des plaisirs ; et, tandis que M. Chenu
travaillera, calculera, et fera tout ce que
M. Chenu doit faire, nous serons à vos ordres.
Vous viendrez à Feydeau, et je me charge d'être
votre cavalier. Ma parole d'honneur, vous y
produirez la plus grande sensation.»

« Comment donc ! s'écrièrent tous les autres à
la fois, madame y fera époque. »

« Votre bonnet est-il de chez Leroy ou de chez
mademoiselle Despeaux ? » ajouta un de ces
vieux petits-maîtres qui ont plus d'impudence
que les jeunes, sans avoir les grâces ou l'étour-
derie qui la font pardonner. J'étais piquée, et
mon humeur tomba sur lui.

« Comme à votre question, monsieur, je peux,
sans vous faire injure, vous croire très-désœuvré,
je vous charge de vous informer si mon bonnet
est de chez Leroy ou de chez mademoiselle

Despeaux; pour moi, je n'ai pas encore eu le temps d'y songer. Vous ne refuserez pas ce service à une provinciale dans laquelle ces messieurs viennent de déclarer qu'il y avait de quoi faire une jolie femme. »

« Charmant, impayable, de l'esprit, de l'épigramme ! ma parole d'honneur, charmant ! » murmurèrent encore à l'unisson les étourdis qui m'assiégeaient.

« Madame, me dit en concentrant sa colère la bacchante qui la première m'avait adressé la parole, monsieur n'avait pas cru vous faire une question injurieuse. »

« Ni moi, madame, une réponse déplacée ; c'est au plus curieux à s'instruire, et monsieur l'est incontestablement plus que moi. »

« Elle jeta sur mon ajustement un regard dédaigneux, et se tournant vers une glace, elle arrangea ou dérangea des cheveux noirs qui serpentaient sur son front. Mais le coup était porté, tous les étourdis étaient pour moi, et les femmes me regardèrent dès lors avec plus de jalousie que de dédain. Ce sentiment, dans tous

les cas, nous flatte autant que l'autre nous
humilie.

« Monsieur Chenu ! monsieur Chenu ! cria le
jeune homme qui s'était offert pour être mon
cavalier, laissez donc vos affaires, et approchez-
vous ici. Savez-vous que vous avez pour femme
un trésor ? elle a de l'esprit comme un ange.
Nous avons voulu rire, et, ma parole d'honneur, c'est elle qui nous a joués. Pour un début, c'est admirable. J'aime les femmes d'esprit ; et, dès ce moment, monsieur Chenu, je
m'attache à vous comme à mon meilleur ami. »

« Monsieur, c'est bien de l'honneur pour moi,
répondit mon mari ; il est vrai que ma femme a
plus d'esprit dans son petit doigt que moi dans
tout mon corps, et pourtant je me porte bien. »

« J'étais au supplice ; car la bacchante triomphait encore une fois, et le vieux petit-maître se
vengeait de moi sur mon mari.

« Comment ! lui dit-il, si vous vous portez bien !
mais vous pesez au moins cent cinquante. — Oh !
que non, » répliqua naïvement M. Chenu.

« Eh bien ! ajouta un enfant de dix-huit ans

dont la figure ressemblait à celle de l'Amour,
supposons que M. Chenu ne pèse que cent
trente, et qu'il y ait un gros d'esprit dans tout
son corps ; en calculant ce que le doigt de
madame est au corps entier de monsieur, on
pourrait au juste... »

« Il fut interrompu par une grande femme
maigre, dont le nez, le menton et les coudes
étaient extraordinairement pointus : s'appro-
chant de lui, et lui appliquant un léger soufflet
d'une main qui fut aussitôt baisée, elle lui reprocha
de mal profiter de l'éducation qu'elle lui avait
donnée. Croyant avoir trouvé une occasion favorable de détourner la conversation, je lui demandai avec empressement si c'était monsieur son
fils. Cette question, qui me paraissait naturelle,
excita un rire général : j'en excepte cependant la
dame grande et maigre, qui ne riait pas du tout.
Heureusement on vint avertir que le dîner était
servi.

» J'ai des torts envers vous, me dit tout bas la
maîtresse de la maison, en me conduisant à la
salle à manger ; mais je suis disposée à tout faire

pour les réparer et acquérir votre amitié ; car
vous me convenez beaucoup. » Sa franchise me
fit tant de plaisir, qu'elle me rendit une entière
liberté d'esprit. Elle me plaça à table entre elle et
le jeune calculateur de l'esprit de M. Chenu. Cet
enfant eut pour moi les plus grands égards, et
souriait en me regardant chaque fois que la
dame grande et maigre lui adressait la parole. Je
distinguais bien qu'elle voulait qu'il ne s'oc-
cupât que d'elle ; je voyais également qu'il se
faisait un malin plaisir de ne s'occuper que de
moi ; je jouissais, je l'avoue, du supplice de cette
femme qui, avec la bacchante, avait été la plus
indécente dans la mystification que j'avais éprouvée.

« Au premier service on ne parla point, on
dévorait. En voyant ces dames manger de la vian-
de à pleines mains (il m'est impossible de trouver
une autre expression), je ne pus m'empêcher
de penser que la mode des robes qui ne serrent
point la taille était assez d'accord avec l'appétit
des femmes du jour. Je fis part de ma réflexion à
mon jeune voisin ; elle excita sa gaieté ; il me

répondit par quelques saillies, et nous rîmes de si
bon cœur que toutes les femmes, et particulièrement celle que j'avais prise pour sa mère, voulu-
rent savoir le sujet de notre entretien. Il s'en défendit en piquant davantage leur curiosité ; et, la
conversation étant devenue générale et bruyante,
je recommençai mes observations. En vérité, ces
belles dames qui m'avaient tant éblouie commen-
cèrent à me faire pitié. Pas une phrase dans laquelle la langue française ne reçût quatre ou cinq
démentis les plus formels, un assemblage d'expressions triviales et de termes recherchés presque toujours placés à contre-sens ; et ce qui rendait ce spectacle vraiment curieux, c'est que
toutes ces dames en savaient assez pour se moquer les unes des autres, tandis que les jeunes
gens se moquaient généralement de toutes. Pour
les maris, il semblait convenu qu'ils pouvaient
s'exprimer comme ils voulaient. N'ayant d'autre
prétention que celle de gagner de l'argent, leur
bonhomie et d'excellent vin les mettaient à l'abri
de la critique.

» Je m'amusais à mon tour de celles qui

s'étaient jouées de moi; mon jeune voisin et la maîtresse de la maison me secondaient à ravir; elle ne manquait ni d'esprit, ni d'usage; aussi était-elle la seule qui fût jeune et jolie.

» Il y avait une heure que l'on était à table, et l'on parla de nouveau du concert du théâtre Feydeau. Le vieux petit-maître demanda à M. Chenu s'il m'accorderait la permission d'y venir; M. Chenu répondit que tout ce qui m'amuserait lui conviendrait toujours beaucoup, et, d'une voix unanime, les jeunes gens lui déclarèrent qu'il était le meilleur des maris. Il prit l'éloge au sérieux, et allait entrer dans des détails, quand je l'interrompis pour déclarer que mon intention était de rentrer chez moi. Je ne voulais ni m'exposer à une scène publique, ni procurer un triomphe complet à ces dames, dont les yeux brillaient déjà du plaisir de me donner en spectacle. Je fus entourée, pressée, sollicitée; je résistai opiniâtrément. La maîtresse de la maison m'offrit de me faire reconduire, ce que j'acceptai, et M. Chenu partit avec la société pour le concert.

» Arrivée chez moi, je ne pus m'empêcher de
considérer ma toilette, et j'aurais volontiers
pleuré de la scène à laquelle elle m'avait exposée.
Pour la première fois de ma vie, mon amour-
propre était piqué, et il l'était vivement. J'éprouvai un chagrin d'autant plus pénible, que je ne
pouvais m'en dissimuler la futilité; cependant
j'y cédais avec une faiblesse dont je rougis aujourd'hui. Je jetai au feu le bonnet que j'avais
rapporté avec tant de soin de ma province; je me
promis d'obtenir de M. Chenu de partir dès le
lendemain, ou, si des obstacles s'y opposaient, de
rester confinée dans mon appartement. Quand
je fus plus tranquille, je réfléchis sur les femmes
qui m'avaient humiliée; je les coiffai en imagination telle que j'avais paru à leurs yeux, je m'ha-
billai en idée comme je les avais vues, et, persuadée que leur avantage était tout entier dans
leurs ajustements, je me demandai avec satisfaction pourquoi je ne céderais pas à l'empire de la
mode, et au désir si naturel à mon âge de déployer les attraits que j'avais reçus de la nature.
Que vous dirai-je? Tout ce qui peut entraîner

une femme jeune et sans expérience se trouvait réuni pour exciter ma vanité.

» M. Chenu, qui aurait dû me servir de guide, revint du concert plus confirmé que jamais dans les nouveaux projets que lui avait inspirés le luxe de son associé. Il ne parlait que d'avoir des chevaux, un hôtel, des laquais, et ne souffrait à cet égard aucune représentation.

» Je suis plus riche que tous ces gens-là, répétait-il sans cesse; pourquoi ne jouirais-je pas comme eux? Croyez-vous que je ne me sois pas aperçu qu'ils se moquaient de vous et de moi? Ah! je veux me moquer d'eux à mon tour; je veux que vous ayez des diamants, des broderies, des bijoux à vous seule autant que toutes les femmes que j'ai vues aujourd'hui. Madame Darson viendra demain matin vous voir (c'était l'épouse de son associé); elle vous aime beaucoup, à ce qu'elle m'a dit, et je vous prie de suivre ses conseils, si vous ne voulez pas me désobliger. » Dans la disposition d'esprit où je me trouvais, rien ne m'était plus facile que d'obéir à M. Chenu.

« Le lendemain il se leva de bonne heure,

loua l'appartement le plus beau de l'hôtel garni
dans lequel nous étions descendus, retint également les écuries, les remises, et me pressa de
m'installer dans notre nouveau domicile, afin
que madame Darson ne me trouvât pas dans
une chambre dont la simplicité le faisait rougir.
Il sortit pour acheter des chevaux et une voiture,
en m'avertissant de ne pas l'attendre de la journée.

» Madame Darson me fit effectivement la visite
qu'elle m'avait promise. « Je vous ai demandé
votre amitié, me dit-elle en m'embrassant et je
veux la mériter. Je conviens d'abord que j'ai eu
des torts envers vous: le premier, de ne pas venir
vous inviter moi-même; le second, de me prêter
à la scène indécente qui s'est passée chez moi.
Mais, en vérité, ma chère, il était impossible d'y
tenir; vous étiez à peindre. » Elle se mit de nouveau à rire.

« Ah çà! continua-t-elle, par où commence-
rons-nous? Je vous ai d'abord amené une femme
de chambre; c'est un vrai trésor, vous en serez
contente. Elle nous attend dans ma voiture;

venez, nous allons faire des emplettes. Ne prenez
pas d'argent, me dit-elle, j'ai promis à M. Chenu
d'être son trésorier, et d'ailleurs à peine en
aurons-nous besoin pour quelques fantaisies.
Nous allons chez les marchands où je me fournis
d'habitude ; ils enverront leurs mémoires. »

« Quand nous fûmes dans la voiture, elle ajouta: « Savez-vous que vous allez décidément
vous fixer à Paris? c'est une affaire convenue
hier entre M. Chenu et M. Darson. Je n'aime pas
votre nom, il est trop commun; il y aurait de
quoi exciter les risées, lorsque à la sortie du spectacle, on appellerait la voiture de madame Chenu.
Je vous connais une propriété qui s'appelle Depréval, nous ajouterons ce nom au vôtre; ce
sera le seul que vous porterez; votre mari signe-
ra les deux, mais uniquement pour ses affaires. »

« Nous descendîmes au Palais-Royal, où nous
fîmes de nombreuses acquisitions; nous allâmes
ensuite chez Leroy et chez cette demoiselle Despeaux, dont on m'avait parlé la veille; nous passâmes plus de quatre heures à courir les marchands, et partout nous achetâmes. Je n'étais

pas intérieurement très-satisfaite de ce qu'on me
faisait faire; mais je n'avais ni la force, ni un
désir bien prononcé de m'y opposer. Madame Darson revint chez moi, elle y passa la journée
entière. Ma femme de chambre avait été avertir
les ouvriers; ils s'étaient présentés successive-
ment, et à dix heures du soir notre conversation
n'avait pas changé un seul instant d'objet. »

Ici Suzette s'arrêta pour me regarder avec une
sorte d'inquiétude ; puis elle me dit: « Que pensez-vous de moi, madame? Mais je vous ai promis un aveu sincère, et je rougirais plus du sentiment qui m'engagerait à vous cacher mes fautes,
que de l'inexpérience qui me les a fait commettre. — Si toute autre que vous, lui répondis-je,
me donnait ces détails, je refuserais de les entendre; mais quand Suzette s'accuse elle-même,
j'ai lieu d'espérer que l'illusion est détruite, et
que la raison a repris son empire. » Elle me baisa
la main et continua son récit.

« Si j'avais employé ma journée entière d'une
manière si nouvelle pour moi, M. Chenu ou Depréval n'avait pas perdu la sienne. Quand il ren-

tra, il m'apprit avec joie que le lendemain matin
j'aurais à mes ordres une voiture, un cocher et
deux domestiques. « C'est assez, me dit-il, tant
que nous resterons dans un hôtel garni; mais
j'espère que ce ne sera pas pour longtemps. On
m'a parlé d'une maison charmante et en grande
partie meublée; nous irons la voir ensemble.
C'est la folie d'un homme qui a plus consulté sa
vanité que ses forces; il y a à parier que l'acquisition sera bonne. »

« Cette réflexion tombait tellement d'aplomb
sur celui qui la faisait, que je commençai à lui
parler des craintes que me donnait le nouveau
genre de vie auquel nous allions nous livrer;
mais il me pria de n'avoir aucune inquiétude,
ajoutant que je ne connaissais pas les ressources
que lui offraient les affaires dans lesquelles il s'engageait; qu'il voulait dépenser beaucoup parce
qu'il gagnait beaucoup. Effectivement la maison
fut achetée, et vous êtes à portée de juger, madame, ce qu'elle a dû coûter, les dépenses im-
menses qu'elle a entraînées pour la meubler
aussi somptueusement qu'elle l'est. Mais avant

qu'elle fût en état de nous recevoir, je devais
être corrigée du plaisir que procure le luxe, pour
ne connaître que les désagréments qu'il amène.

» M. Chenu avait la tête tournée; la vanité
s'en était emparée, et comme cette vanité n'est
pas tellement exclusive qu'elle ne s'allie fort bien
à l'amour de l'argent, c'était véritablement la seule
que j'aurais dû craindre pour lui. Mais, de mon
côté, si j'étais plus modeste sur certaines parties,
je n'étais pas moins séduite sur ce qui avait rapport à ma toilette. J'avais tout ce qu'une femme
peut désirer pour humilier les autres, et j'attendais impatiemment le moment de me montrer
avec éclat. Un nouveau concert était annoncé.
Madame Darson, pour qui une méchanceté était
toujours délicieuse, pourvu qu'elle y contribuât,
avait exigé que je ne me montrasse nulle part
jusqu'à ce jour, parce qu'elle avait invité à dîner la
même société qui m'avait si mal reçue, et qu'elle
mettait un grand plaisir à ménager une vengeance. J'avoue que je le partageais.

» Ce jour vint enfin. Je ne vous dirai pas,
madame, ce que j'éprouvai en me voyant parée

7

avec autant de goût que de richesse ; mais je
payai à l'empire de la mode un tribut bien sincère. M. Chenu s'extasiait en me regardant ; il
me disait cent fois dans un quart d'heure que
j'étais la plus belle femme qu'il eût jamais vue ;
et j'aurais pu le soupçonner amoureux de moi,
si ces expressions ne m'eussent avertie qu'il m'en-
visageait du même œil que les beaux meubles
destinés à montrer son opulence.

» Le premier jour que j'avais été dîner chez madame Darson, j'étais arrivée tard par un accident ;
cette fois, je n'arrivai pas plus tôt, mais j'avais à
dessein calculé le temps. Tous les convives se
trouvaient réunis ; la maîtresse de la maison
s'était fait un amusement de remettre sur le tapis
¡a sotte tournure de madame Chenu, sans dire
qu'elle l'attendait sous le nom de madame
Depréval, et l'on riait à mes dépens quand on
m'annonça.

» Aussitôt tout le monde se lève et de pro-
fondes révérences s'adressent à madame Depréval
qui les reçoit avec une légère inclination de tête.
Les hommes se disputent à qui me présentera

un siége; on me regarde, on m'admire; la conversation s'engage, je la soutiens avec assez de
vivacité pour ajouter à l'étonnement. Toutes les
femmes croyaient se tromper en se rappelant
mes traits ; elles gardaient le plus morne silence ;
et, sans la figure de M. Chenu qui, placé derrière
mon fauteuil, décelait par tous ses gestes la joie
qu'il éprouvait, je crois qu'elles auraient préféré
me regarder comme un personnage entièrement
nouveau, plutôt que de voir en moi la même
femme qu'elles avaient humiliée, qui se vengeait
si complétement; car la plus forte vengeance
pour une femme est de finir par l'emporter sur
celles qui l'avaient un instant dédaignée.

» Madame Darson, incapable de s'arrêter en si
beau chemin, leur donnait à entendre que, par
mes airs provinciaux, je les avais toutes jouées
dans ma première entrevue ; et comme, de l'aveu
même des oracles, je n'avais pas manqué d'esprit,
comme j'avais surtout ri avec la maîtresse de la
maison et le jeune homme placé près de moi
pendant le dîner, ces dames penchaient à croire
que je n'avais voulu que m'amuser. M. Chenu

surtout les confirma dans celle idée, en répétant sans cesse : « Eh bien ! mesdames, qu'en dites-vous aujourd'hui ? Ma femme n'est-elle pas très-belle ? Répondez donc, mesdames, est-ce qu'elle ne vous paraît pas la plus belle femme du monde ? » Moins ces dames montraient de bonne volonté à lui répondre, plus il mettait d'obstination à les prendre pour juges; et ne pouvant s'imaginer qu'il leur fît de bonne foi des questions dont tout autre que lui eût senti l'inconvenance, elles se persuadèrent qu'il ne cherchait qu'à se venger de la manière dont elles m'avaient accueillie.

» On se mit à table dans ces dispositions; j'aurais pu me croire la divinité de la maison. Tous les égards marqués, toutes les préférences délicates étaient pour moi; c'était à qui aurait le bonheur de me servir, à qui pourrait fixer mon attention. Plus ces dames montraient d'humeur, plus elles me plaçaient dans un jour avantageux. L'abondance des vins qu'il serait aussi permis de croire à la mode, tant notre sexe en fait usage, leur rendit la gaieté ou du moins la faculté de parler, et la conversation resta générale jusqu'au moment de notre départ.

» Les jeunes gens qui m'avaient accablée de fadeurs se disputèrent l'honneur de m'offrir la main ; il n'en était pas un seul qui n'eût été enchanté de paraître avec moi au spectacle. Celui qui se croyait le plus de droit à ma bienveillance était le jeune homme dont je vous ai déjà parlé, et qui se nommait Alphonse ; mais la dame grande et maigre s'en était emparée impérativement. Je remerciai tous les autres, et j'offris moi-même mon bras au vieux petit-maître qui m'avait raillée. Honteux, il ne m'avait pas approchée de la journée : s'il eût osé, je crois qu'il m'aurait refusé en ce moment.

» Nous arrivons au concert. Excepté les loges louées pour notre société, la salle était entièrement remplie. Une symphonie excitait l'attention publique, et commandait le plus grand calme. Jugez de mon étonnement, quand je vis ces dames prendre plaisir à laisser tomber les banquettes avec un bruit effroyable; le parterre criait silence; tous les yeux étaient tournés de

notre côté; je ne savais comment me cacher. Mais
ces dames poussaient de longs éclats de rire;
affectant d'avancer la tête dans la salle, et regardant de tous côtés comme pour chercher la
cause du scandale; elles étaient cependant flat-
tées qu'on ne pût l'attribuer qu'à elles. Enfin le
bruit cessa, et certaine de n'être plus remarquée,
j'osai considérer un spectacle si nouveau pour
moi.

» J'étais éblouie. Des bougies adroitement pla-
cées de distance en distance donnaient un éclat
singulier aux femmes, dont les costumes à la fois
bizarres et élégants, sans en offrir deux qui se
ressemblassent, avaient tous cependant quelque
rapport entre eux. Aux conversations qui régnaient dans les loges, au soin que quelque
femme prenait de se placer dans l'attitude qui
lui donnait le plus d'avantage, je m'aperçus
promptement que le désir d'être vu faisait le seul
mérite du concert, et que le spectacle principal
était plutôt dans les loges que sur le théâtre.
J'eus ma part de la curiosité publique.

» Dans l'intervalle d'un morceau à un autre,

tout le monde se leva ; les hommes sortirent des
loges, circulèrent dans les corridors, et l'empressement qu'ils mettaient à aller saluer les femmes
qu'ils connaissaient à peine était d'autant mieux
accueilli, que ces dames trouvaient alors un
motif plausible de se retourner et de déployer en
public les grâces de leur taille ou la richesse de
leurs costumes. Je restai tranquillement à ma
place, trop heureuse quand personne ne s'occupait de moi. Je recueillais en silence les diverses
sensations que j'éprouvais, sans pouvoir en définir une seule ; en un mot, j'étais fatiguée d'é-
tonnement.

« Vous amusez-vous ? me dit le jeune Alphonse
en venant s'asseoir derrière moi. — Pas trop, »
lui répondis-je.

« Oh bien ! j'ai eu le bonheur d'échapper à
ma grand'maman, tandis qu'elle recevait les
adorations qu'il est impossible de lui refuser,
car elle les exige, et je viens vous tenir compagnie. Voulez-vous causer avec moi ? — Et
que dirons-nous ? — Que je vous adore, madame,
et que votre mari n'est pas le seul qui vous trouve

la plus belle femme du monde ; pour moi, je
sens qu'il me sera désormais impossible de vivre
sans vous. » Ce ton léger auquel je n'étais pas
accoutumée, et auquel je ne m'accoutumerai
jamais, me blessa.

« Si vous n'étiez pas un enfant, lui répondis-
je froidement, votre langage m'offenserait ; je le
pardonne à votre âge, et vous prie de terminer
cette conversation. »

« C'est bien ridicule, au moins, ce que vous
me dites là ; mais si vous pardonnez à mon âge,
je dois, moi, pardonner à votre peu d'expérience ;
ainsi nous voilà quittes, mais toujours bons amis,
n'est-ce pas, madame? »

« Il n'attendit point ma réponse, je n'en avais
pas à lui faire. Il se leva, sans sortir de la loge,
et promenant ses regards de tous côtés, il distri-
bua tant de salutations, qu'il ne fut pas une
femme qui, je crois, n'en reçût plusieurs pour
sa part.

» Vous voyez, me dit-il en s'asseyant de nouveau, et souriant avec finesse, que mon âge me
sert aussi d'excuse auprès de beaucoup de jolies

femmes. Que ne pardonne-t-on pas à un enfant
comme moi! Demandez plutôt à ma grand'-
maman. »

« Sa fatuité m'avait rendue sérieuse ; mais
cette dernière phrase me fit rire d'autant plus
facilement, que pendant ses nombreuses salutations, j'avais remarqué que sa grand'maman le
suivait des yeux avec inquiétude, et qu'elle faisait
autant de grimaces qu'il faisait de révérences.

» Vous aimez à rire, me dit-il aussitôt : eh
bien! oublions un instant la passion que vous
m'inspirez, et amusons-nous aux dépens du
public ; aussi bien vous devez avoir besoin d'ins-
tructions. Un concert est comme une exposition
de tableaux, si l'on n'a pas le catalogue et la
critique, on ne voit que des figures. » Sans attendre mon approbation, il ajouta :

« Cette femme si gaie, qui est dans la loge en
face de nous, est d'une des plus anciennes familles de France. Elle a eu le malheur d'être
prisonnière pendant un an, et le chagrin affreux
de perdre son père, sa mère et son époux. On
avait cru qu'elle mourrait de désespoir, mais la

philosophie l'a soutenue. On la rencontre maintenant partout, dans les bals, aux promenades,
aux spectacles. On prétend qu'elle va se marier
de nouveau ; ce serait un meurtre, car elle est
le charme et l'enjouement de la société.

» A côté d'elle est une femme de beaucoup
d'esprit, mais d'une fierté insupportable ; elle
est veuve d'un homme qui portait un grand nom,
et qui a péri comme tant d'autres. Elle va dans
tous les endroits publics, non pour se faire voir,
mais pour rencontrer tout le monde. Un sot en
place lui paraît toujours une bonne connaissance,
et le désir qu'elle a de montrer son importance
fait quelquefois de sa maison une réunion bien
extraordinaire. Elle force à dîner côte à côte des
gens qui se dévoreraient partout ailleurs ; et,
sans jamais chercher à les réconcilier, elle a l'art
de les faire vivre ensemble.

» Voyez-vous dans la loge à droite ces deux
femmes si belles, si somptueusement parées,
dont la cour est si nombreuse ? elles étaient
mariées à de riches bourgeois très-estimés, mais
elles viennent de divorcer pour se livrer entière-

ment au plaisir. L'une a deux enfants, l'autre venait d'accoucher. Nées sans fortune, leur beauté leur avait procuré de bons établissements. On ignore de quoi elles vivent maintenant, car leur dot remboursée ne suffirait pas à un jour de leur dépense, et pourtant elles ont une excellente maison, équipages, etc.; elles sont très-bonne compagnie dans leur genre. »

« Eh quoi ! pensai-je en soupirant, voilà donc les femmes qui fixent les regards, et auxquelles on va m'assimiler ! »

« Il allait continuer; mais, en avançant la tête pour mieux me désigner quelqu'un, il fut aperçu par une femme placée dans la loge près de celle où j'étais; elle l'appela, et il me quitta aussitôt.

« Avec qui êtes-vous donc là, Alphonse ? » lui dit-elle assez haut pour que je pusse l'entendre, sans même prêter l'oreille.

« Avec une nouvelle débarquée, lui répondit-il sur le même ton, dont le mari a fait aussi ses affaires dans la révolution : ces gens-là sortent de dessous terre. Elle est assez jolie et ne manque pas d'esprit. Elle avait rapporté de son village une toilette et des préjugés gothiques; elle a déjà quitté l'une, et, malgré sa pruderie, je gagerais qu'elle ne sera guère plus longtemps à se défaire des autres. Je vous conterai son histoire, c'est à mourir de rire. »

« Je suffoquais de honte et de dépit, et j'étais plus humiliée d'une élégance qui m'exposait à de pareilles remarques, que je ne l'avais été de la simplicité qui m'avait livrée aux railleries. Alors je n'avais rien à me reprocher.

« Comment, jolie! dit cette femme en s'avançant pour m'examiner (je n'osais tourner les yeux sur elle); elle me paraît belle et l'air assez décent. Est-elle seule ici? »

« Non vraiment, elle est en nombreuse société. Tenez, regardez cette grosse commère qui cherche à se faire voir et qui devrait se cacher (c'était la bacchante); elles sont venues ensemble. J'oserais jurer qu'elles ne s'aimeront jamais; l'une est trop jolie, et l'autre trop laide. »

« Vous ne savez pas le nom de cette grosse femme? — Je ne connais qu'elle; j'ai l'honneur d'être admis à lui faire ma cour. — Je vous en fais mon compliment. »

« Que voulez-vous! il n'y a plus que ces gens-là qui aient une maison; il faut bien se décider à les voir ou à périr d'ennui. Elle se nomme Dutilo; elle a été longtemps couturière, et son mari coiffeur. Le cher homme a tant travaillé les assignats, les marchandises, les maisons et les terres, qu'après avoir acheté et revendu la moitié de la France, il en a gardé une partie pour lui. C'est un adroit coquin. »

« Et cette jeune femme qui est auprès d'elle, vous la connaissez sans doute aussi? »

« Qui ne connaît pas madame Darson? inconstante en amour, perfide en amitié, fausse avec l'apparence de la plus grande franchise, menant son mari comme un sot, elle se moque de toutes les femmes qui sont laides, et perd de réputation celles dont la beauté lui porte ombrage. Elle a de l'esprit comme un petit diable. »

« Quel nouveau sujet de réflexions pour moi!

» Un homme singulièrement vêtu parut sur le théâtre; tandis qu'il s'avançait, une main dans

sa poche et tenant sa cravate de l'autre, chacun
courut reprendre sa place. Le silence qui régna
subitement me fit croire qu'il avait un talent
prodigieux, ou qu'il était du bon ton de l'écouter. Pendant là ritournelle de l'air qu'il allait
chanter, j'entendis la femme placée dans la loge
à côté de la mienne dire à quelqu'un que je ne
pus voir :

« Ce jeune Alphonse est entièrement perdu.
Qui croirait qu'un enfant d'une famille aussi
respectable, et qui a éprouvé tant de malheurs,
pût se livrer à la plus mauvaise société, afin de
satisfaire son goût pour les plaisirs? Regardez
cette vieille femme près de laquelle il s'assied et
qui a l'air de lui faire des reproches ; c'est une
ancienne femme de chambre de sa mère,
dont le mari a eu des entreprises pour les hô-
pitaux, pour les armées; et les diamants de sa
moitié viennent de ce qui se trouve de moins
sur les chemises des soldats, ou sur les drogues
nécessaires pour soulager les malheureux. Cette
vieille femme a la fureur d'inspirer des passions
qui lui coûtent fort cher. Elle se ruine aujour-

d'hui pour le fils de celle qu'elle servait
autrefois. »

« Je vous laisse à penser, madame, ajouta
Suzette, combien je rougissais de la société dans
laquelle je me trouvais, et combien j'étais
étonnée de cet essai sur les mœurs de mon siècle.
L'envie de paraître que l'humiliation de mon
début dans le monde m'avait inspirée, s'éva-
nouit devant les dangers qui m'entouraient.
J'aurais voulu pouvoir me cacher à tous les
yeux, et, en sortant du concert, tous les yeux
étaient fixés sur moi. J'étais anéantie. Quand
je fus rentrée, une sombre tristesse s'empara
de mon cœur ; j'essayai de faire entendre à
M. Chenu les raisons qui me faisaient désirer de
vivre d'une manière plus simple ; il ne me comprit seulement pas. Il ne s'occupait que de
l'embellissement de sa maison, et m'assurait
que, lorsque j'y serais établie, il me ferait
voir tant de monde, que l'ennui m'abandonne-
rait.

» Je suis donc condamnée à un luxe qu'on
envie, et qui fait mon supplice ; je suis con-

damnée à visiter, recevoir, accueillir une société
qui ne me convient nullement. Plus je suis
triste, plus M. Chenu fait de dépenses, persuadé
que la richesse est ce qu'il y a de mieux au
monde, et que l'éclat équivaut au bonheur.

» A la tête d'une maison dans laquelle il
m'est impossible de mettre de l'ordre, volée
impitoyablement par mes domestiques, tourmentée par mon époux qui, dans une circonstance, jette l'argent par les fenêtres, et, dans
une autre où sa vanité n'est pas intéressée, revient à ce premier amour du gain qui n'abandonne presque jamais ceux qui ont commencé
comme lui, j'éprouve, par un effet entièrement
opposé, le même chagrin que vous. C'est dans
cette position que mon ancien goût pour l'étude
s'est présenté à moi comme une consolation nécessaire; j'ai désiré trouver une infor'unée qui
pût me servir de guide, devenir mon amie,
contribuer à ma tranquillité et m'offrir l'occasion de sécher ses larmes. Le hasard, ou plutôt
le ciel, m'a envoyé ma bienfaitrice, et maintenant je sens le prix des richesses. Oui, madame,

vous m'apprendrez à en jouir; vous m'ensei-
gnerez à me conduire dans une situation si
nouvelle pour moi; votre exemple sera la meilleure et la plus profitable de vos leçons. Si
M. Chenu pouvait oublier que je vous dois tout
ce que je possède, il sentirait encore que, du
côté de la dépense, il sera trop dédommagé par
l'ordre que vous m'instruirez à mettre dans une
maison vraiment au-dessus de mes forces. »

C'est ainsi que madame Depréval m'ouvrit son
âme; je la plaignis et l'estimai davantage. Je
l'exhortais souvent moi-même à ne pas désobliger son mari, dont le plus grand bonheur
était de la mener avec lui, et de l'engager dans
toutes les parties sans attendre son aveu. Elle
lui déguisait jusqu'à sa complaisance, et ne se
faisait prier que lorsqu'elle voulait arracher de
lui quelques services qu'il n'eût pas rendus sans
cela. Une place pour le mari d'Augustine paraissait difficile à obtenir; madame Depréval con-
sentit à paraître dans une fête dont le motif lui
déplaisait, et le lendemain le mari d'Augustine
fut placé, ce qui m'obligea beaucoup, car j'étais

8

hors d'état de récompenser les services que ces braves gens m'avaient rendus.

Je jouissais donc enfin de quelque tranquillité, seul bonheur possible dans ma position. Éloignée de mon fils, je ne pouvais en parler qu'avec Suzette, et trop de raisons me forçaient à éviter d'en faire le sujet de nos conversations. Combien de fois, sans nous rien dire, nous eûmes la certitude que le même objet nous occupait également! Nous avions tellement pris l'habitude de nous taire et de nous entendre, que lorsque Suzette me voyait pleurer, elle me disait aussitôt: « Vous le reverrez, madame; je suis sûre que vous le reverrez. » Quand je la voyais triste, je ne pouvais lui offrir la même consolation.

Cette femme intéressante me devint bientôt si chère, que j'eusse préféré sans balancer ma misère, Suzette et mon fils, à l'opulence sans elle ou sans lui; mon cœur ne faisait plus aucune différence entre eux. Quelle âme noble! quelle résignation à son sort! avec quelle amabilité elle se prêtait aux désirs de son époux, dont tous les goûts étaient en contradiction avec les siens! Plus son esprit se développait, plus elle reprenait cet amour de la simplicité qui n'appartient qu'aux grands caractères dans les hommes, à la délicatesse des sentiments dans les femmes. Forcée souvent de recevoir du monde ou de courir les fêtes, avec quel plaisir elle revenait partager ma solitude! Dîner tête à tête avec moi était pour elle une jouissance préférable à tout. Elle avait voulu que je fusse toujours servie dans mon appartement, et c'était là qu'elle aimait à se trouver, c'était là que nous faisions nos lectures, et qu'elle recevait les leçons de divers talents qui lui devinrent bientôt familiers. Instruire Suzette n'était vraiment que développer en elle le germe de toutes les vertus que la nature lui avait données.

Je passai un an sans aucun événement remarquable, espérant toujours recevoir des nouvelles de mon Adolphe. Hélas! c'était tout ce qu'il m'était permis d'espérer, s'il vivait encore.

Une nuit Suzette entra chez moi; elle revenait d'un bal. A son retour, le portier lui avait remis le billet suivant, qu'elle accourut aussitôt me communiquer, bien sûre que je ne lui en voudrais pas d'avoir troublé mon sommeil.

« Madame, j'arrive d'Angleterre, où je rien n'ai
» négligé pour m'informer du sort de M. de Sen-
» neterre. Quoiqu'il demeure à Londres, je n'ai
» pas eu l'honneur de le voir. Il était absent;
» mais j'ai su qu'il se portait bien. Si vous vou-
» lez me recevoir dans la matinée, je me ferai
» un véritable plaisir de vous donner des rensei-
» gnements plus détaillés. »

La joie de Suzette tenait du délire; la mienne surpassait les forces de mon âme. « Il vit, répétait-elle à chaque instant. — Est-il heureux du moins? » m'écriai-je. Cette réflexion nous attendrit également toutes deux, et nous passâmes une grande partie de la nuit à tenter vainement de savoir ce qu'on nous apprendrait le lendemain, et à hâter, par nos vœux, l'heure de la visite qui nous était promise.

« Quelle est la personne qui vous a écrit ce billet? demandai-je à Suzette. Vous ne m'aviez point parlé de cela. »

« Je craignais, madame, de vous faire partager mon inquiétude. Je savais que votre fils n'était plus à Philadelphie. M. Chenu, de concert avec moi, avait fait prendre des renseignements, et nous étions convenus de les taire, puisqu'ils n'offraient rien de satisfaisant. Il y a un mois environ que je me trouvai dans une maison où quelqu'un parlait d'un voyage qu'il était obligé de faire à Londres ; sachant que tous les Français y sont enregistrés, je le priai si instamment de s'informer de M. de Senneterre, de lui parler s'il venait à le rencontrer, qu'il me promit de remplir exactement ma commission. Il me demanda de quelle part il faudrait qu'il lui fît des questions : « Est-ce de la vôtre, madame ? » ajouta-t-il. Cette demande me fit rougir involontairement. «— Non, monsieur, lui répondis-je, vous lui parlerez au nom de la plus tendre des mères. » Il m'objecta qu'il serait peut-être plus sûr de le charger d'une lettre ; mais je lui fis sentir combien il serait cruel pour cette mère infortunée de se livrer à un nouvel espoir dont rien ne garantissait la réussite ; je lui peignis votre amour pour ce fils

unique avec tant de chaleur, qu'il jura de ne rien
épargner pour vous satisfaire. « Il viendra demain, madame, ajouta-t-elle; le recevrez-vous en
vous faisant connaître? — Le recevrai-je seule?
— Nous le recevrons toutes deux, mon amie, et
si vous voulez donner des ordres pour qu'on
le fasse monter chez moi, nous y serons plus
en liberté. »

Elle m'embrassa en m'exhortant à réparer le
sommeil perdu, je lui adressai le même souhait;
mais, en nous revoyant le matin, nous ne nous
demandâmes ni l'une ni l'autre comment nous
avions passé la nuit.

Le voyageur qui avait fait annoncer sa visite
fut exact. Après les compliments d'usage, il me
dit:

« Je suis fâché, madame, que mes affaires ne
m'aient pas permis d'attendre le retour de M. de
Senneterre; j'aurais eu trop de satisfaction si
j'eusse rapporté à sa mère les consolations dont
elle a besoin. J'ai dîné chez M. Birton, négociant
à Londres; c'est près de lui que votre fils demeure. L'éloge que j'en ai entendu faire est au-des-

sus des expressions que je pourrais employer.
Consolez-vous, madame, il a trouvé des amis dans
son malheur. »

« Saura-t-il du moins, monsieur, que c'est sa
mère infortunée qui a décidé votre démarche? »
« Qanud je vous ai nommée, madame, il m'a
été facile de voir que vous n'étiez pas inconnue
à la famille de M. Birton. Excellente mère, m'a
dit cet homme, excellent fils; rien n'adoucira
son chagrin d'en être séparé. Il en parle sans
cesse, et ne peut se pardonner de l'avoir quittée.
En vérité, ajouta M. Birton, je ne puis concevoir
les motifs qui l'y ont décidé; car ce jeune homme
est trop sage pour ne pas connaitre l'étendue de
ses devoirs et c'en était un pour lui de ne pas
abandonner sa mère. »

En ce moment, je regardai Suzette; elle était
pâle et tremblante, comme si le reproche de
M. Birton se fût directement adressé à elle; je
lui pris la main avec amitié, et je m'empressai
de répondre que l'âge de mon fils était sa première excuse; que les découvertes que j'avais été
à portée de faire depuis son départ m'avaient fait

regretter d'y avoir contribué moi-même. Je n'avais pas abandonné la main de Suzette; elle serra la mienne avec l'expression de la plus vive reconnaissance.

« Que je m'en veux aujourd'hui de ma prudence! dit-elle. Si je n'avais craint votre sensibilité, madame, monsieur se serait volontiers chargé d'une lettre, et votre fils n'aurait pas été privé du plus grand des bonheurs. »

« N'ayant pas l'honneur de connaître madame de Senneterre, répondit le voyageur, j'ai laissé chez M. Birton l'adresse de madame Depréval, en assurant que les lettres que votre fils enverrait vous seraient exactement remises; de son côté, M. Birton m'a donné l'adresse de son correspondant à Hambourg; la voici, madame, ainsi tout sera bientôt réparé. Je dois ajouter cependant que cet honnête négociant a paru étonné que vous n'ayez pas reçu de nouvelles de M. de Senneterre; il assure qu'il n'a négligé aucune occasion possible de vous écrire. »

« Et qui aurait pu me découvrir? m'écriai-je; les malheureux sont si vite oubliés! Pauvre

Adolphe! qu'auras-tu pensé de mon silence?
Mais, monsieur, est-ce là tout ce vous savez de
mon fils? Votre billet nous a donné l'espérance
qu'il se porte bien. »

« On me l'a dit à moi-même, madame, en
ajoutant qu'une tristesse profonde nuisait seule
à sa santé; il a des accès de mélancolie dont
rien ne peut le distraire. Un Français que j'ai
rencontré à Londres, et qui connaît M. de Senneterre, le soupçonne de regretter en ce pays
une autre personne que sa mère. J'ignore ce
qu'il y a de vrai dans cette assertion; je la révo-
querais d'autant plus volontiers en doute, que le
négociant auquel j'étais adressé m'a affirmé
qu'une des filles de M. Birton, très-belle, j'ai eu
l'honneur de la voir, avait conçu de l'inclination
pour votre fils, et que M. Birton lui-même, qui
passe pour être fort riche, verrait ce mariage avec
plaisir. »

La figure de Suzette se couvrit des couleurs
les plus vives; il était trop facile de voir que cette
nouvelle imprévue la jetait dans un trouble qu'elle
voulait en vain se dissimuler à elle-même; aussi

se pressa-t-elle d'affirmer que ce mariage com-
blerait de joie les amis de M. de Senneterre, s'il
lui procurait un bonheur... Il lui fut impossible
d'achever.

« Il n'y a peut-être rien de réel dans tout cela,
reprit le voyageur ; mais j'ai cru devoir vous dire
ce que j'ai appris. En effet, si votre fils, madame,
aimait avant de sortir de France, et que cet
amour augmente encore aujourd'hui la tristesse
qu'il éprouve loin de sa mère et de sa patrie, il
est difficile de croire qu'il pense à se marier.
L'espoir n'abandonne jamais les hommes, surtout
quand leur cœur est vivement affecté. »

« De l'espoir ! s'écria Suzette, il est des posi-
tions dans lesquelles on n'en conçoit plus. J'i-
gnore si c'est la sienne, dit-elle effrayée de son
exclamation ; mais il serait à souhaiter qu'il
épousât mademoiselle Birton. Vous dites qu'elle
est belle, monsieur ? »

« Sans vouloir lui faire un compliment, on pourrait affirmer qu'elle vous ressemble beaucoup. »
Suzette étouffa un soupir. « Cependant, ajouta-
t-il, elle n'a pas cette teinte de sensibilité répan-

due sur tous vos traits, et la sévérité de sa figure
nuit beaucoup à son agrément. Elle n'est que
belle. »

Suzette se leva, je l'imitai ; je souffrais de sa
position. Nous fîmes les remerciements les plus
vifs à la personne qui avait si obligeamment se-
condé les intentions de madame Depréval, et nous
nous retirâmes chacune dans notre appartement.

Plus les hommes multiplient leurs affections,
plus ils augmentent leurs plaisirs et leurs chagrins. J'aurais dû être heureuse de savoir mon
fils estimé, chéri dans une maison devenue son
asile ; j'aurais dû jouir d'avance de l'espoir de
recevoir une lettre de lui, et de pouvoir lui envoyer bientôt les bénédictions de sa mère ; mais
ma joie même me devenait pénible par les efforts
que j'étais réduite à faire pour la concentrer.
Chaque jour me dévoilait le cœur de madame Depréval ; j'y lisais un amour malheureux que je
ne pouvais autoriser, et que sa vertu la forçait de
me cacher. Il y aurait eu de la barbarie de ma
part à la ramener sans cesse sur un objet pénible
si elle le redoutait, et de l'imprudence à l'en

entretenir si elle le désirait. Elle était plus triste
qu'à l'ordinaire, et, craignant d'en approfondir
la cause, je n'osais plus lui parler; elle me fuyait
également, et nous étions toutes deux réellement à plaindre. Cet état ne pouvait durer; mais
je ne savais pas comment en sortir. Occupée de
ces réflexions, je versais un matin des larmes
sur ma cruelle destinée, quand Suzette entra
chez moi. Tout en elle annonçait qu'un grand
dessein occupait son esprit; elle avait dans tous
ses gestes, dans l'expression de sa physionomie,
quelque chose de triste et de sublime tout à la
fois. Elle se plaça vis-à-vis de moi, puis me prenant les mains et fixant ses yeux sur les miens,
elle me dit:

« Pensez-vous à écrire à votre fils ? — Je
ne pense qu'à lui, Suzette. — Lui écrire
suffit donc à votre cœur ? — Que pourrais-je
espérer davantage ? — Ah ! madame, que n'es-
père-t-on pas quand on est libre? et vous avez le
bonheur de l'être. — Que voulez-vous dire, mon
amie ? — Qu'il faut partir, madame. — Partir !
— Oui, partir, ajouta-t-elle avec un courage

qui trahissait à peine son émotion. Tout est
prévu, tout est prêt; tout, excepté votre aveu.
Votre fils souffre loin de sa mère: votre tristesse
trahit malgré vous les tourments de votre âme.
Je vous ai obtenu un passe-port; le mari d'Augustine vous accompagnera; vous le renverrez
quand vous croirez n'en avoir plus besoin; vous
le garderez, si des événements que je ne peux
prévoir vous engagent à revenir. Ses ordres, et il
les remplira, sont de ne consulter que votre volonté et d'y céder en tout. Que rien de ce qui
pourrait enchaîner vos pas ne vous occupe ; je le
répète, tout est prévu. O ma bienfaitrice! je n'ose
m'expliquer davantage ; mais la fortune de Suzette
n'est que le produit de sa dot; elle vous appartient tout entière. »

Revoir mon Adolphe, le presser contre mon
sein, Dieu puissant ! m'avez-vous réservé tant de
bonheur? Telle fut ma première pensée ; mais la
réflexion vint bientôt la dissiper. « Cruelle amie,
disais-je à madame Depréval, deviez-vous tenter
le cœur d'une mère? Moi, vous abandonner! le
pourrais-je sans ingratitude? n'êtes-vous pas aussi

ma fille? Réunir mon fils et Suzette n'est pas en
mon pouvoir, et cependant j'éprouve violemment
qu'il me serait impossible de vivre avec l'un sans
regretter l'autre. Je souffre à Paris, je souffrirais
à Londres. Ne me parlez plus de ce voyage, vous
me feriez mourir de l'excès de ma joie ou de l'excès de mon désespoir. Mon fils, Suzette, douleur
et consolation de ma vie ! O mon Dieu ! mon
Dieu ! m'écriai-je en tombant à genoux, ayez
pitié de moi. »

Je restais dans cette attitude, les mains
fortement appuyées sur mon front, craignant de
ne pas résister à la force des émotions qui sem-
blaient vouloir dissoudre tout mon être. Madame
Depréval se promenait à grands pas dans la
chambre, s'adressant différentes phrases dont les
sons inarticulés frappaient mes oreilles ; je ne
distinguais clairement que le mot *courage* plusieurs fois répété, et de longs soupirs qui me
brisaient le cœur. Enfin, elle s'approcha ; et, me
prenant dans ses bras pour me placer sur mon
siége, elle se tint longtemps debout devant moi,
dans un état d'immobilité absolue.

« Je comptais sur le courage de madame de
Senneterre, dit-elle sans m'adresser la parole ;
elle est plus faible que Suzette. Il fut une époque
dans ma vie où l'on exigea le sacrifice de toutes
mes affections ; l'honneur et la mère de celui
que j'aimais tracèrent mon devoir ; mon âme fut
déchirée et mon devoir acompli. Etait-ce pour
rejoindre un fils, un être cher à mon cœur, qu'il
fallait renoncer à ceux près de qui mon enfance
s'était doucement écoulée ? O mon Dieu ! vous
seul connaissiez ce qui se passait alors en moi.
Vous pleurez, madame ! comparez votre situation
à la mienne. Tout est bonheur pour vous, tout
est malheur pour moi. Affligée dans le passé, accablée du présent, je n'ai pas même de ressources
dans l'avenir. »

« Quel moment, Suzette, prenez-vous pour me
reprocher ma conduite trop sévère envers vous ? »

« Des reproches ! moi ! Ah ! madame, vous ne
le croyez pas. Vous n'avez fait que ce que vous
deviez faire, et ma vie entière vous prouvera que
Suzette est loin d'accuser sa bienfaitrice. Mais,
quand je vous vois balancer... »

« Reproche-moi donc aussi mon amitié pour toi, cruelle enfant, m'écriai-je ; reproche-moi de ne pouvoir vaincre ma reconnaissance, et de céder à ce charme irrésistible qui, dans mon cœur, t'a confondue avec mon fils. Toi seule m'as soulagée dans l'infortune la plus amère ; sans toi, je cesserais peut-être d'exister ; et quand je te sais malheureuse, sans autres consolations que les caresses et les conseils d'une mère, car je suis la tienne, tu veux que je t'abandonne ! Ah, Suzette ! dans la triste situation que tu viens de me rappeler si cruellement, le devoir était d'un côté, la honte ou le bonheur de l'autre ; dans ma position, le devoir, la félicité et le désespoir sont tellement partagés, que mon cœur se déchire sans pouvoir se décider. Pourquoi m'as-tu parlé de ce voyage ? »

« Parce que vous n'en auriez jamais parlé, madame, et que la gloire de vous rendre à votre fils adoucissait la douleur d'être séparée de ma bienfaitrice. Si j'osais approfondir mes pensées les plus secrètes, peut-être trouverais-je la récompense de ma conduite dans la certitude qu'il

saura que c'est moi qui lui ai rendu sa mère.
N'est-ce pas moi qui l'en ai privé ? ajouta-t-elle
en se jetant dans mes bras. Mais vous n'en voulez
pas à Suzette ; vous avez dit qu'elle était la fille
de votre cœur. Suzette, l'infortunée Suzette, la
fille de madame de Senneterre ! et je pourrais me
plaindre de ma destinée. Ah ! je ne l'ai jamais
mieux senti qu'aujourd'hui ; ce n'est pas la fortune, c'est l'amitié, la vertu, qui rapprochent les
distances. »

Je la tenais pressée contre mon sein, et nos
larmes se confondaient quand M. Depréval entra.

« Je vous demande pardon, me dit-il en me
regardant d'un air étonné ; mais je cherchais
ma femme pour lui apprendre qu'elle ne pourra
se dispenser du bal auquel elle est engagée pour
demain. Quoique cela me contrariât beaucoup,
j'avais consenti à ce qu'elle n'y allât pas, ce qui
était très-désagréable ; mais elle est si triste depuis quelques jours, que je suis fort aise de trouver cette occasion de la forcer à s'amuser. N'est-
il pas vrai, madame ? il faut que les jeunes femmes se dissipent. Je ne la conçois pas, ajouta-t-il

9

en voyant que Suzette annonçait par un mouvement de tête que le bal ne lui convenait pas ;
qu'est-ce qui lui manque? Si elle veut faire remonter ses diamants, je ne m'y oppose pas ; en
veut-elle de nouveaux, qu'elle en achète. Je sens
bien que ma femme ne doit être éclipsée par personne ; aussi, ma foi, je remarque que c'est toujours elle que l'on admire, et ça me fait de
l'honneur. Quand on a de l'argent, ne faut-il pas
s'en parer? Il y a tant de gens qui n'en ont pas,
qu'on est trop heureux de faire voir qu'on ne leur
ressemble point. Mais je vous dérange : vous
pleuriez là toutes les deux de si bon cœur... C'est
drôle cela, je n'ai jamais pleuré de ma vie. Quand
j'étais petit cependant, et que par le grand froid
j'allais... mais il y a si longtemps! Ah ! je devine
ce qui vous afflige ; c'est le grand voyage, n'est-il
pas vrai? Avouez que madame Depréval a eu là
une excellente idée. Je n'y aurais jamais pensé,
moi, quoique avec certaines précautions ce soit la
chose du monde la plus facile. Mais ma femme
pense pour nous deux ; elle a une si bonne
tête ! »

« Et un cœur encore meilleur, monsieur, lui
dis-je. Vous avez raison d'être fier d'une pareille
épouse ; les diamants sont sa moindre parure. »

« Ça n'y gâte rien, madame, ça n'y gâte rien,
quoique je convienne avec vous qu'elle est toujours belle. Eh bien ! qu'est-ce que vous dites du
voyage ? Êtes-vous bien contente ? »

Suzette ne me laissa pas répondre. « Mon ami,
dit-elle à son mari, crois-tu que madame de Senneterre est assez bonne pour que le plaisir de revoir son fils balance dans son cœur le regret de
nous quitter ? J'étais si sensible aux témoignages
de son amitié, que, lorsque tu es entré, je ne trouvais que des larmes pour lui exprimer notre reconnaissance. »

« C'est bien fait à elle de nous aimer, car nous
l'aimons bien aussi ; je ne le lui dis pas, moi,
parce que je sais que tu lui expliques cela mieux
que moi. Mais tu conviendras que je n'ai jamais
mis aucun obstacle à ce que tu as désiré pour elle :
au contraire, n'est-ce pas ? »

Suzette ne répondit à son mari qu'en l'embrassant de tout son cœur.

— Eh bien ! dit-il en passant la main sur ses yeux, je crois que tu vas me faire pleurer aussi. Oh ! que les femmes sont donc... pas toutes cependant; mais cette bonne madame de Senneterre qui t'a fait apprendre à écrire, qui a mis tant d'ordre dans notre maison depuis qu'elle y est, qu'en dépensant moitié moins, nous avons l'air de gens plus comme il faut. Et puis je me rappellerai toujours la dot. Vous souvenez-vous de ça, madame ? me dit-il en riant. Combien vous faudrait-il, monsieur Chenu (car je ne m'appelais que Chenu)? Madame..... j'étais si embarrassé, et pourtant vous n'étiez pas fière. — Je veux absolument que vous me le disiez. — Dame, madame, six cents livres (c'était beaucoup dans ce temps-là). — Rendez-la heureuse, monsieur Chenu et comptez, dès ce moment, sur une dot de douze cents livres. Je m'en rapporte à vous, madame, n'est-elle pas bien heureuse? N'est-ce pas, ma petite Suzette (entre nous je peux l'appeler Suzette)? n'est-ce pas que tu es bien heureuse?

« Oui, mon ami » , lui dit-elle en s'efforçant
de sourire.

« Ainsi, voilà qui est convenu; madame de
Senneterre partira dans quatre jours; et toi, tu
viendras au bal demain, car je veux absolument que tu t'amuses. Vas-tu encore me refuser?

« C'est selon, lui répondit cette femme intéressante de l'air de la plus franche gaieté. Si tu
veux que j'aille au bal demain, il faut me promettre que nous conduirons madame de Senneterre jusqu'à Anvers. Je dis nous, parce que
j'exige que tu nous accompagnes. Cela nous em-
pêchera toutes deux, ajouta-t-elle en me regardant, de nous livrer à une douleur vraiment au-
dessus de nos forces. »

« Et tu viendras au bal? — Oui, mon ami. —
Dans une superbe toilette? — Oui, mon ami. —
Eh bien! c'est arrangé, dit-il en se frottant les
mains. Aussi bien divers employés de notre compagnie sont en retard sur bien des choses, et je
profiterai de l'occasion pour visiter tout cela. Par
ce moyen, la société paiera en grande partie les

frais de mon voyage. » Il nous quitta, l'homme
le plus content du monde.

« Vous l'emportez, Suzette, lui dis-je aussitôt
que nous fûmes seules. — Nous parlerons de
cela dans un moment plus tranquille, me ré-
pondit-elle. Ne faut-il pas que je pense à ma
toilette de bal? » Et elle se retira dans son appartement.

Abandonnée à moi-même, j'essayai en vain de
concentrer toutes mes idées sur le fils chéri que
j'allais revoir ; je ne pensais qu'à Suzette, dont
la conduite excitait si vivement ma reconnaissance et mon admiration. Je me répétais sans
cesse combien ses sentiments la mettaient au-
dessus des titres et de la fortune, et je regrettais
amèrement de l'avoir sacrifiée. Je sentais trop
que, n'eût-elle pas conservé pour mon fils un
tendre souvenir, son bonheur n'aurait pas été
mieux assuré avec M. Depréval. Plus il s'efforçait
de faire oublier M. Chenu, plus il le rappelait
aux autres et à lui-même; sa femme, au contraire, semblait ne vouloir être toujours Suzette
que pour s'élever plus aisément au-dessus d'elle-

même. Je me persuadai qu'elle cherchait à
rompre avec tout ce qui la contraignait à s'occuper sans cesse de mon premier amour, et la manière noble et courageuse dont elle accomplissait
ce devoir m'imposait l'obligation de lui cacher
mes regrets de la quitter, ma joie d'aller embrasser mon fils.

Ne voulant pas me priver du plaisir de la voir
aussi souvent que cela me serait possible, pendant le peu de jours que nous devions passer
ensemble, évitant, avec une prudence dont elle
me donnait l'exemple, les occasions de nous
trouver tête à tête, contre mon habitude, j'étais
plus volontiers dans son appartement que dans
le mien. J'assistai à cette toilette promise à son
époux pour prix de sa complaisance. Quelle richesse dans ses ajustements, mais surtout quelle
noble élégance dans la manière de les placer !
La coquetterie la plus exercée est bornée dans ses
ressources ; le goût, chez une femme jeune et
sensible, n'a véritablement pas de bornes. Madame Depréval était ravissante, et toute autre
que moi aurait pu croire qu'elle jouissait d'un

plaisir si naturel à son âge, et surtout à son sexe.
Quand ses femmes furent sorties, elle me tendit
la main.

« Vous me regardez de l'œil d'une mère, me
dit-elle ; mais si l'envie que je vais inspirer pouvait lire dans le fond de mon cœur, elle obtien-
drait un bien grand triomphe. Quel pénible
effort ! le sourire sur les lèvres et la mort dans le
cœur. Voilà cependant presque toujours le partage de cette opulence qui fait des ennemis de
ceux qu'elle humilie, sans contribuer à la félicité
de ceux qui l'étalent. Ah ! si jamais je peux suivre mes goûts, c'est dans une douce médiocrité
que je chercherai, non le bonheur, j'y ai renoncé,
mais la tranquillité et la jouissance de moi-même.
Combien d'infortunés qui n'ont pas mérité leur
sort vivraient du prix d'un luxe qui m'assomme ! »
M. Chenu entra accompagné de deux jeunes
gens, et rompit à propos notre entretien.

L'instant de mon départ arriva. Augustine me
fit les plus tendres adieux, et trouva, dans la certitude de rester auprès de madame Depréval, un
adoucissement au chagrin que son amitié lui

faisait éprouver en se séparant de moi; le même
motif me rendait aussi cette séparation moins
pénible. Le mari de cette excellente créature
courait devant notre voiture. M. Depréval soutenait seul la conversation; sa femme et moi
nous ne pouvions que nous regarder, cacher nos
larmes et faire des vœux pour que les événements
nous permissent un jour de nous réunir. Enfin,
je m'embarquai avec le mari d'Augustine.

Je ne tenterai pas de rappeler ce que je souf-
fris alors; il est des situations au-dessus des expressions connues. Heureux ceux qui n'ont pas
éprouvé les terribles sensations qui déchirent
le cœur lorsqu'un vaisseau, poussé par les vents,
nous éloigne impérieusement de nos amis au
moment où nos caresses vont encore se confondre avec les leurs! On croit les presser pour
la dernière fois contre son sein, et l'on n'embrasse que le vide, image effrayante de l'avenir
qui s'ouvre devant nous. Pauvre Suzette! toi
seule m'occupais alors; mais il était écrit que,
de près ou de loin, tu déciderais de toutes les impressions de mon âme. A peine fus-je placée dans

le vaisseau, que le mari d'Augustine me remit
un paquet cacheté ; madame Depréval lui avait
ordonné de ne me le rendre qu'au moment où
les éléments nous auraient séparées, et je vis une
boîte dont la richesse aurait fixé mon attention,
si elle n'eût été absorbée par le portrait de cette
amie chérie, non telle que je venais de la quitter,
mais sous ses habits villageois, symbole de la
pureté qu'elle avait conservée dans l'opulence.
Je l'ouvris, et je m'aperçus que ce présent n'était
qu'une nouvelle invention de sa reconnaissance ;
en effet, la boîte contenait plusieurs billets de
banque, et ce peu de mots écrits de sa main :
La dot et le cœur de Suzette.

J'arrivai à Londres sans le moindre accident,
et je revis enfin cet Adolphe tant désiré. En le
serrant dans mes bras, j'oubliai tous mes malheurs. Combien je le trouvai changé ! Quelle
teinte de tristesse les événements avaient em-
preinte sur ce visage autrefois l'image vivante de
la gaieté et de la douceur ! mais aussi combien
son caractère, si heureusement disposé par la
nature et l'éducation, avait acquis de raison et

d'énergie ! S'il est vrai que les Français soient le peuple le plus léger que l'on connaisse, il n'est pas moins vrai qu'il est le seul aussi que l'infortune ne puisse atteindre sans déployer en lui des qualités qui forcent l'admiration même de ses ennemis. A vingt-six ans mon fils était un homme dont tous les gouvernements se seraient honorés, et que toute autre qu'une mère n'eût pu aimer sans être fière de son amour. Aux marques d'amitié que je reçus de la famille de M. Birton, il me fut aisé de m'apercevoir combien mon fils en était chéri.

Quand je fus retirée dans mon appartement, je ne pus m'empêcher de réfléchir sur le danger d'entretenir Adolphe de cette Suzette qui, dans les premiers élans de sa vie, avait à jamais décidé de son sort, mais je sentais qu'il me serait impossible de lui parler de moi sans lui parler de mon amie, je sentais plus vivement encore le besoin de lui exprimer ma reconnaissance. L'image de Suzette était gravée dans mon cœur, son nom était à chaque instant sur mes lèvres. Me taire devenait un effort dont je me sentais

incapable ; j'aurais cru être ingrate en cachant
le nom de ma bienfaitrice. Je m'accusais dans
ma conduite passée en la nommant ; mais la vérité était le seul parti compatible avec la justice
et mes sentiments : ce fut aussi celui que j'adop-
tai.

Ainsi que je l'avais prévu , mon fils vint à
mon réveil ; il était pressé du désir si naturel de
connaître ce qui avait rapport à sa mère. Je ne
lui cachai rien de mes malheurs, mais je ne lui
parlai de ma bienfaitrice que sous le nom de
madame Depréval. Avec quelle sensibilité il appelait les bénédictions du ciel sur cette femme
qui l'avait remplacé près de moi, tandis qu'il
gémissait au loin sur les suites d'une passion si
malheureuse! « Ah, ma mère! si je peux jamais
voir madame Depréval, c'est à genoux que je la
remercierai d'avoir adouci les malheurs dans
lesquels votre fils vous a entraînée. Tant de
bonté, tant de grandeur d'âme, unies, dites-vous,
à la beauté la plus parfaite ; si cette femme
n'est pas heureuse, pour qui donc la Divinité a-
t-elle réservé le bonheur? — On aime, lui ré-

pondis-je, à fixer ses idées sur ceux que l'on n'a jamais vus, et dont on entend souvent parler; comme il me serait cruel de ne pouvoir vous entretenir de mon amie, considérez son portrait, mon fils, et dites-moi franchement si ma conversation ne troublera pas votre tranquillité. » Je lui présentai ma boite.

Il examina le portrait de Suzette, et me regardant ensuite avec des yeux qui me firent trembler de l'épreuve que je venais de tenter, il s'écria : « Malheureux, son image te suivra donc partout! Ah! madame, deviez-vous déchirer le cœur de votre fils ? ajouta-t-il après un long silence pendant lequel il n'avait cessé de considérer le portrait. Voilà bien tous les traits de l'infortunée qui m'a séparé de ma mère ; mais qu'ont-ils de commun avec celle qui me l'a rendue ? — Madame Depréval, lui dis-je, ma bienfaitrice, celle qui vous éloigne de moi, celle qui m'a rapprochée de vous, cette femme enfin qui m'a fait connaître ce qu'il y a de plus cruel et de plus doux dans la vie, c'est.... Suzette. Répondez-moi, mon fils, me sera-t-il défendu d'en parler ? »

« Je vous entends, ma mère, et j'ose vous jurer que jamais mon amour n'imposera silence à votre reconnaissance. Bonne Suzette! excellente Suzette! mon cœur t'avait devinée, et ta conduite a justifié jusqu'aux écarts de la mienne. Nous en parlerons souvent, toujours; la joie ne peut faire de mal à votre fils. Suzette, bienfaitrice de ma mère n'est plus une femme pour moi; c'est une divinité dont je peux entendre prononcer le nom sans danger, mais non sans plaisir. Il est un terme où l'amour se suffit à lui-même, et je crois l'avoir atteint. Bonne Suzette, tu n'es pas si heureuse que moi, ajouta-t-il en soupirant, tu n'es plus libre. »

Depuis ce moment, Adolphe ne me parla plus de son amour; mais chaque jour il me pressait de lui répéter quelques circonstances du temps que j'avais passé chez madame Depréval; les plus petits détails se gravaient dans sa mémoire, et quelquefois il me les racontait à son tour. Jamais nos conversations ne finissaient sans que je lui entendisse répéter: « Pauvre Suzette! elle n'est pas heureuse; c'est tout ce qui m'afflige. »

Je pensai bientôt à renvoyer le mari d'Augustine, qui ne m'était d'aucune utilité, et que d'ailleurs je ne voulais pas tenir éloigné de sa femme et de la place que M. Depréval lui avait donnée. Mon fils le récompensa de son zèle, et je le chargeai de la lettre suivante pour mon amie :

MADAME DE SENNETERRE A MADAME DEPRÉVAL.

« Je suis arrivée, ma chère fille, sans aucun accident. Mon voyage a été bien triste, vous le croirez sans peine, vous dont le cœur est toujours d'accord avec le mien. J'avais pour consolation l'espoir de rejoindre mon fils; vous, mon amie, vous aurez trouvé le soulagement de notre séparation dans cette âme sensible et généreuse qui vous élève au-dessus de ce qui vous est personnel, quand vous avez des devoirs à remplir ou des bienfaits à répandre. Je vous renvoie la dot de Suzette dont je peux me passer, ainsi que vous en conviendrez vous-même; mais je garderai toute ma vie son cœur et son portrait.

» Au plaisir que j'éprouve en le considérant,

je jouis d'avance de celui qu'aura ma fille en
recevant le mien ; c'est celui que je donnai à
M. de Senneterre la veille de notre mariage. Si,
dans l'éternité où il repose, il peut connaître
tous les motifs qui me portent à vous l'offrir, j'ose
affirmer, ma chère fille, qu'il applaudira à cette
action. Le temps et les chagrins ont altéré
sa ressemblance ; mais le temps, les malheurs
ou l'opulence ne vous empêcheront pas de dire
en le regardant : Toujours, toujours ma mère,
comme je répéterai jusqu'à mon dernier soupir,
en fixant le vôtre : Toujours, toujours Suzette.

» J'ai retrouvé mon fils, et je me contenterai
de vous dire que tout ce qui peut justifier
l'amour-propre, si naturel quand on parle de ses
enfants, est réuni en lui. Sa santé est très-bonne ;
la joie de me revoir et de connaître la situation
heureuse de ma bienfaitrice a diminué en partie
cette mélancolie dont on m'avait parlé, et qui
m'avait singulièrement frappée le jour de mon
arrivée.

» Sans approcher de l'opulence pour laquelle
il était né, et qui si rarement influe sur le bon-

heur, il jouit d'une honnête aisance. Mon frère,
qui est mort d'une manière si terrible à Saint-
Domingue, avait cinquante mille écus placés
chez un négociant à Philadelphie, correspondant
et associé de M. Birton, chez lequel nous demeu-
rons. C'est lui qui a adressé mon fils à cette famille respectable, quand il a désiré se rapprocher
de la France, dans l'espoir de trouver plus facilement l'occasion de savoir des nouvelles de sa
mère. Mon fils était encore mineur, et d'ailleurs
ces fonds m'appartenaient; mais heureusement
les lois de ce pays à l'égard des émigrés français,
permettent à ceux qui y résident de jouir par
anticipation, sans autre condition que celle de
rendre les fonds au premier possesseur s'il se présente, et sous le serment prononcé sur l'Evangile,
de ne pas faire sortir de l'argent du royaume.
Ainsi Adolphe était à l'abri du besoin, et la somme principale, restée dans le commerce de
M. Birton, a progressivement augmenté. Vous
voyez, ma chère amie, que le ciel a exaucé les
prières que je lui adressais pour mon fils. Ah!
sans doute, il écoutait aussi les vœux qu'Adolphe

formait pour sa mère, quand, sans le savoir, je dirigeai mes pas vers votre demeure.

» Il est probable que mon fils n'a jamais pensé à contracter aucun engagement avec miss Anna Birton, qui effectivement est aussi belle qu'on nous l'avait dépeinte ; car, depuis mon arrivée, il me presse de quitter Londres, dont la vie n'aurait rien d'agréable pour moi, et d'acheter un petit bien où je pourrai vivre doucement au milieu de toutes mes anciennes habitudes. Vous m'avez prouvé, Suzette, que la bienfaisance est la plus belle des vertus, et que les bons cœurs trouvent toujours des motifs pour ne s'en corriger jamais. Il est certain que la campagne me plaira beaucoup ; j'en ai pour garant le plaisir qu'Adolphe se promet en y vivant avec moi, et nous allons sérieusement penser à cette affaire. Si les circonstances permettent un jour, et il faut l'espérer, que madame Depréval vienne m'y rendre visite, je jouirai de tout le bonheur que mon cœur ne cessera de désirer jusqu'à cette époque.

» Bonjour, ma véritable amie ; ne négligez aucune occasion qui vous permettra de me don-

ner de vos nouvelles. Votre mère vous bénit,
vous embrasse, et vous recommande l'exercice
des vertus qui vous sont si faciles.

» *P. S.* Mon fils voulait ajouter quelques mots
à ma lettre; j'ai cru plus honnête qu'il s'adressât
à votre époux; je renferme la lettre qu'il lui
adresse dans la mienne. »

ADOLPHE DE SENNETERRE A MONSIEUR DEPRÉVAL.

« Monsieur, daignez recevoir mes remerciements bien sincères des bons offices que vous
avez rendus à ma mère; l'expression manque à
ma reconnaissance; mais je sens vivement qu'elle
ne finira qu'avec ma vie. Soyez, je vous prie,
auprès de votre épouse, l'interprète de mes sentiments. Ce que madame de Senneterre m'a dit
de ses vertus, de sa sensibilité, m'a rappelé que,
dès son enfance, j'avais deviné toutes les qualités
qu'elle posséderait un jour. Lorsque tout a changé
autour de soi, on est trop heureux de retrouver,
dans ses souvenirs, quelque chose qui nous ra-
mène à notre ancienne existence; et rien ne peut
me la faire envisager sous un rapport plus con-

forme à la situation de mon cœur, que l'amitié
qui lie aujourd'hui madame Depréval et ma
mère. J'ai l'honneur d'être, monsieur, etc. »

M. Birton mit tant de zèle à nous obliger, que,
cinq semaines après mon arrivée en Angleterre,
je terminai l'acquisition d'une terre telle que je
la désirais dans ma situation, et avec la somme
dont je pouvais disposer. Elle n'était qu'à vingt
milles de Londres. Nous nous y rendîmes de suite,
mon fils et moi, afin d'être à même d'y recevoir
la famille de cet honnête négociant qui se faisait
un plaisir de nous prouver, par cette visite, l'intention bien marquée de continuer la liaison
formée entre eux et nous.

Lorsque M. Birton arriva, il me remit une lettre
qu'il avait reçue depuis mon départ. Elle était
de Suzette. Je saisis le premier instant où il me
fut possible de me retirer pour la lire, pressée de
jouir à la fois du plaisir d'être au milieu de mes
nouveaux amis, et de m'entretenir un moment
avec celle que j'avais laissée en France. Que
devins-je en apprenant les nouvelles suivantes!

MADAME DEPRÉVAL A MADAME DE SENNETERRE.

« Madame, que je me plaindrais aujourd'hui d'être séparée de vous, si le bonheur dont vous jouissez n'imposait silence à mes regrets! Jamais Suzette n'eut autant besoin de vos conseils et de vos consolations. M. Depréval n'est plus. Un accident terrible m'a ravi un époux que je devais aimer, puisqu'il a fait mon bonheur autant qu'il a dépendu de lui. Mes pleurs sont sincères ; vous le croirez, madame, vous qui avez été témoin de ses bontés pour moi ; vous le croirez, quand vous connaîtrez la manière dont il a péri.

» A peine étions-nous de retour à Paris, que M. Depréval, frappé de la tristesse qui me consumait, et que tous mes efforts ne pouvaient lui cacher, crut qu'une fête dont je serais l'objet deviendrait pour moi un sujet de dissipation. Il m'avait forcée à me montrer dans un si grand nombre de bals cet hiver, qu'il nous devenait indispensable de rassembler une fois, dans notre maison, ceux chez qui nous avions été reçus. Je

respectai son motif, et vous savez d'ailleurs que
mon habitude fut toujours de ne pas m'opposer
à ses jouissances. Les préparatifs de cette fête
furent pour lui une occupation délicieuse; il
mettait de l'amour-propre à surpasser tout ce
qu'il avait vu.

» Après avoir fait abattre et reconstruire pour
décorer une salle telle qu'il la désirait, après
avoir présidé à tous les travaux, il examinait son
ouvrage; il en jouissait. Le mari d'Augustine
venait d'arriver, et m'avait remis le paquet dont
vous l'aviez chargé pour moi. Oh, ma mère! de
combien de baisers je couvris ces caractères sacrés, avec quelle ardeur je me promis de me
rendre toujours digne d'une amitié si honorable
pour votre fille infortunée! Pressée de remettre
à M. Depréval la lettre de votre fils, je cours à
son cabinet ; on me dit qu'il est dans le salon
avec quelques ouvriers; j'y passe, et, l'embrassant dans toutes la joie de mon cœur, je lui présente l'écrit qui lui était destiné. Pendant que je
le lui lisais, un lustre que l'on arrangeait, et sous
lequel il était placé, tombe; M. Depréval est

renversé. Un morceau de cristal entra si profondément dans sa tête, qu'il perdit aussitôt
connaissance. Noyé dans son sang, je le fais
transporter sur son lit ; ses douleurs lui arra-
chaient des cris aigus qui me déchiraient l'âme.
Les chirurgiens appelés n'osent donner aucun
espoir avant l'opération, et c'est pendant l'opération même, au milieu de tourments inouïs,
que mon époux expire.

» Seule au monde, sans parents, avec beaucoup trop de connaissances, et pas un ami, atterrée par cette mort subite et violente, je gémissais dans mon appartement, quand Augustine
eut le courage de m'apprendre toute l'horreur
de ma situation. Depuis notre séjour à Paris,
M. Depréval avait perdu l'habitude de me confier
ses affaires, ses associés lui ayant persuadé que
rien n'était plus ridicule. Forcée d'examiner ses
papiers, de me faire rendre compte par les commis, je me suis bientôt convaincue que cette opulence fastueuse n'avait aucun fondement solide.
Une grande circulation d'argent rendait faciles de
grandes dépenses. On lui doit beaucoup ; mais,

consultant plus sa vanité que tout autre sentiment lorsqu'il prêtait, la plupart des billets
n'ont aucune valeur réelle. Il doit aussi de son
côté; et, comme il y a eu de fortes parties mises
à l'arriéré par le gouvernement, rien n'est plus
difficile que de terminer de pareils comptes,
dès l'instant que M. Depréval cesse de pouvoir
continuer les mêmes opérations. Ajoutez les
prétentions de sa famille, dont plusieurs mem-
bres se sont déjà installés dans ma maison, et
me regardent comme la ruine de leurs prétentions ou l'obstacle à leur rapacité, et vous aurez
à peu près l'idée de ma situation.

» Toutes mes connaissances disparaissent, je
n'en suis point surprise ni affligée : si j'eusse été
libre de mes actions, je les aurais prévenues dans
cette désertion, qui n'est indécente que par le
moment qu'elles choisissent. Je sais que, pour
se disculper de la bassesse de leur conduite envers moi, elles m'accusent d'avoir ruiné mon
époux par mon luxe et ma coquetterie. Mais j'ai
appris de vous, ma mère, qu'il n'y a de vrai juge
que notre conscience, et la mienne est tranquille.

Ah! si vous étiez encore avec moi, je ne balancerais pas à faire un abandon total de mes droits aux héritiers de M. Depréval; car je suis persuadée que ses affaires arrangées laisseront encore un actif assez considérable. Mes diamants seuls suffiraient pour nous faire vivre dans cette médiocrité après laquelle j'ai toujours soupiré. Conseillez-moi, que dois-je faire? que deviendrai-je? Seule, absolument seule au monde, à mon âge! ô ma mère! vous plaindrez votre Suzette; votre amitié est l'unique bien qu'elle désire, le seul aussi que les événements ne pourront jamais lui enlever.

» Je ne le cacherai pas à celle qui a l'habitude de connaître mes plus secrètes pensées; bien des fois je me sens prête à céder au découragement; mais, quand je fixe les yeux sur votre portrait, que je me rappelle ce que vous avez été, et la résignation avec laquelle vous avez supporté les coups du sort, je retrouve un peu de courage. Seule dans le monde, cependant, madame; cette idée est affreuse! Ah! si votre fils eût épousé miss Anna Birton, j'aurais du moins l'espoir que

vos bras me seraient ouverts. Il n'y faut pas penser, je ne le sens que trop. »

Quand je revins vers la société que j'avais
chez moi, je fis tous mes efforts pour cacher le
chagrin que m'avait donné la lettre de Suzette;
c'est à l'œil de mon fils surtout que je voulais
faire illusion. Il n'ignorait pas que j'avais reçu
des nouvelles de France, et la curiosité qui per-
çait dans ses regards augmentait l'embarras de
ma position. « Elle se porte bien, m'empressai-
je de lui dire en lui serrant la main ; ce soir, venez me trouver dans mon appartement, et je
vous donnerai de plus grands détails. » Ce peu
de mots suffirent pour le calmer, et nous pûmes
nous livrer entièrement à la satisfaction de posséder la famille de M. Birton. Elle n'attendait
pas de nous des éclats de gaieté, mais cette amitié douce et paisible qui n'appartient qu'au cœur,
et que n'excluaient pas les diverses sensations
que la lettre de Suzette avait fait naître en
moi.

« Mon fils, dis-je à Adolphe aussitôt que nous

fûmes sans témoins, voici les nouvelles que j'ai
reçues : lisez-les, et dites-moi sans détour l'effet
qu'elles produiront sur vous. Pour vous engager
à la confiance, je vous avouerai que, quels que
soient vos projets, je les approuve d'avance. Je
sais ce qu'il m'en a coûté pour avoir voulu être
plus sage que vous ; je me contenterai désormais
de vous donner des conseils, si vous les réclamez ;
mais jamais je ne prendrai sur moi de décider
votre conduite. »

Je lui remis alors la lettre de madame Depréval. Je le considérais avec attention pendant qu'il
la lisait ; mais sa physionomie changeait si souvent, tant de sentiments s'y peignaient successi-
vement, et souvent à la fois, qu'il m'était impossible de distinguer lequel dominait en lui. Il
garda quelque temps le silence, et recommença
de nouveau à lire la lettre entière, mais avec le
plus grand calme.

« Vous m'avez promis, madame, de ne vous
opposer en rien à mes volontés : eh bien ! dans
la malheureuse situation où se trouve votre fille,
il n'est qu'un parti à prendre. Ecrivez-lui, ma

mère, pressez-la de venir vous joindre, et chargez-moi de porter votre lettre. »

« Vous, Adolphe? m'écriai-je. — Elle est seule au monde, madame, et il n'y a que l'un de nous qui puisse voler à son secours. — Et le danger pour vous de rentrer en France? — Si je ne considérais que moi, je le braverais sans effroi; mais je n'oublie pas ce que je dois à ma mère, et j'ose vous répondre que les dangers sont bien faibles auprès des motifs qui me déterminent. A cet égard, je consens à m'en rapporter à M. Birton; nous le consulterons, si vous le désirez. — Tout ce que voudrez, mon fils, je le répète encore; mais croyez-vous que Suzette consente à vous suivre? — Elle ne m'aime donc plus, madame ! Plusieurs fois vos discours m'avaient fait soupçonner le contraire. » Je gardai le silence. « Eh bien! ajouta-t-il, quand elle aurait cessé de m'aimer, serait-ce une raison pour moi de changer de résolution? Ne dois-je pas mon existence entière à la bienfaitrice de ma mère, à celle qui me l'a conservée, qui a fait plus, qui me l'a rendue? Si j'étais marié , dit-elle, elle viendrait se jeter dans vos bras : j'en fais ici le serment, s'il fallait ce sacrifice à son bonheur et au vôtre, je n'hésiterais pas un seul instant. »

« Embrassez-moi, mon fils, vos sentiments font la gloire et la félicité de votre mère. Ah! je l'avoue avec joie, Suzette et vous étiez nés l'un pour l'autre. Doués de la même sensibilité, capables tous les deux de sacrifier à vos devoirs la passion la plus vive à votre âge, j'ose espérer que votre réunion ne trouvera pas d'obstacles. Mais quelle nécessité de vous exposer à de nouveaux orages? Suzette viendra, n'en doutez nullement ; une lettre de sa mère suffira. »

« Le croyez-vous, madame, vous qui la connaissez ? Une lettre peut se perdre ; mais, quand elle arriverait assez vite pour empêcher que votre fille ne succombât à cette solitude qui fait son désespoir, ne tremblez-vous pas que l'excès de sa délicatesse ne l'égare ? Elle craindra de ne devoir votre approbation qu'à mes larmes; elle se croira généreuse en renonçant au bonheur ; elle prolongera notre incertitude et ses tourments. Quel que soit l'abandon où elle est plongée, ah!

qu'une femme aussi modeste que Suzette aura
d'efforts à faire avant de se décider à venir au-
devant d'un époux, si vous prononcez ce nom ; et
si vous ne le prononcez pas, n'est-il pas de son
devoir de s'éloigner plus que jamais de votre fils?
Dans sa position, que de bienséances à respecter!
Elles sont des obligations pour les cœurs délicats.
Qui peut les vaincre, si ce n'est l'amour? Qui
plaidera devant Suzette sa propre cause, si ce
n'est moi? Mais je compte à peine sur l'amour :
ce qui la décidera, ma mère, ce qui seul, en effet,
pourra vaincre tous les obstacles, c'est l'apparence du danger auquel je m'exposerai pour
elle. Elle me suivra, dans la crainte de vous ravir
encore une fois votre fils. »

« Adolphe! Adolphe! je le vois trop, il n'est
qu'un sentiment auquel rien ne soit impossible ;
c'est l'amour. Mettez, sans hésiter, au nombre
des motifs qui vous entraînent, le plaisir de la
revoir plus tôt, de jouir des émotions que lui ins-
pirera votre vue, de goûter enfin dans toute son
étendue le bonheur d'être aimé. »

« Eh bien ! ma mère, si votre fils aspirait à

tant de félicité, le blâmeriez-vous ? — Non, mon
ami. Nous consulterons M. Birton, et je vous
promets de m'en rapporter à lui. » Il m'embrassa,
et je restai trop occupée de sa joie, de son espoir
et de mes craintes, pour pouvoir me livrer au
sommeil. Autant que lui, je désirais posséder
Suzette ; je sentais depuis longtemps que notre
bonheur mutuel était dans cette réunion. Elle
seule pouvait exercer et satisfaire cette profonde
sensibilité qui avait toujours fait le principal
caractère d'Adolphe ; j'avais assez lu dans le cœur
de Suzette pour être persuadée que lui seul devait la rendre heureuse ; et, sans elle ou sans
mon fils, mon existence n'était réellement pas
complète. Cette disposition ne me calmait pas
sur le projet du voyage, mais elle m'ôtait la force
de m'y opposer. D'ailleurs, parmi les motifs
que l'amour avait suggérés à Adolphe, il y en
avait plusieurs qui me paraissaient aussi plausibles
qu'à lui. J'avais promis de m'en rapporter à
M. Birton ; j'attendis avec inquiétude ce qu'il
déciderait.

Le lendemain, de bonne heure, mon fils l'a-

mena dans mon appartement : il lui avait déjà
fait confidence de son voyage, et ne lui avait rien
caché des raisons qui le déterminaient à l'entreprendre. M. Birton me demanda si j'avais quelques motifs particuliers d'appuyer ce projet;
« car, ajouta-t-il jusqu'à présent je ne vois
encore aucune nécessité de vous séparer de
nouveau, et je ne l'ai pas caché à votre fils.
Quand on me consulte, moi, je crois que c'est
pour avoir mon avis, et je le donne. Je conviens
que tous les sentiments qui font le charme de la
vie, la reconnaissance surtout, se trouvent d'accord dans le désir que vous avez de posséder
promptement madame Depréval ; mais tout cela
peut s'arranger par lettres, et je vous promets que
les moyens que j'emploierai pour les faire parvenir sûrement ne vous laisseront aucune inquiétude à cet égard. Mon ami, dit-il en s'adressant à Adolphe, je vous le répète, vous ne seriez
d'aucune utilité à madame Depréval pour ses
affaires ; au contraire, le danger auquel elle vous
verrait exposé nuirait à la tranquillité dont elle a
besoin pour les terminer d'une manière ou d'une

autre. Sans doute la solitude dans laquelle
elle se trouve est triste ; mais vous n'espérez
pas qu'elle fera d'abord de vous sa société intime,
et je soutiens que l'espoir, la certitude de venir
se réfugier dans le sein de madame de Senne-
tere, suffira seule pour calmer ses esprits. Vous
devez ménager sa délicatesse, et penser à votre
mère. Aujourd'hui, je le crois, vous pourriez,
sans danger, parcourir la France ; mais qui vous
répond que demain, dans huit jours, il vous
serait possible d'en sortir ? Vos diables de Français... — Monsieur Birton, s'écria mon fils.
— Oui, oui, je sais que vous n'aimez pas que
l'on dise du mal de votre patrie, et vous avez
raison. Allons, ne nous occupons que de votre
mère. Songez-vous à tout ce que l'incertitude
aurait de cruel pour elle, pour ma famille, pour
moi, monsieur, qui ai pour vous l'amitié d'un
père ? Si j'en avais l'autorité, vous ne partiriez
pas. Le souvenir du passé me donnerait la force
de vous résister ; et madame de Senneterre sera
de mon avis. »

« Monsieur, répondis-je, quand je vis qu'A-

11

dolphe gardait le silence, je n'ose en vérité avoir
une volonté. Le souvenir du passé que vous
réclamez avec raison est cependant ce qui m'ôte
le courage ; je sens trop vivement ce que je souffrirais en sachant mon fils exposé à la vengeance
des lois qui le proscrivent ; mais je sens également que, s'il perdait encore une fois, par ma
faute, l'occasion d'être heureux, sa douleur me
conduirait au tombeau. »

« Eh bien ! madame, qu'il accorde les premiers
jours à sa mère, à la prudence, à ses amis ;
qu'il se contente d'aller attendre madame Depréval au port neutre où elle peut s'embarquer ;
et abandonnons à cette femme, dont l'amitié et
le courage vous sont connus, le soin de la conduite qu'il tiendra. »

Cet avis était trop sage pour qu'Adolphe pût se
défendre de l'adopter ; il me convenait beaucoup
aussi ; je pouvais, sans crainte, confier à Suzette
le soin de mon bonheur et les jours de mon fils :
ce fut donc à ce dernier parti que nous nous ar-
rêtâmes. M. Birton devait retourner le lendemain
à Londres avec sa famille. Je remis à Adolphe,

qui les accompagna, la lettre suivante, et mes pleurs à l'instant de son départ lui apprirent, mieux que mes discours n'auraient pu le faire, combien ma destinée était liée à la sienne.

MADAME DE SENNETERRE A MADAME DEPRÉVAL.

« Comment ma fille chérie peut-elle se croire seule au monde ? Ai-je donc cessé d'exister ? Et faut-il que mon fils soit malheureux pour que Suzette trouve un asile auprès de sa mère ? Ah ! mon amie, j'ai si souvent regretté de m'être opposée à un mariage qui seul pouvait faire le bonheur de deux êtres en qui reposent toutes mes affections, que vous ne me punirez pas à votre tour par un refus. N'ai-je pas assez souffert par le départ d'Adolphe, par les larmes que vous me dérobiez, et dont il m'était si facile de deviner la cause ?

» Mon amie, j'ai lu dans votre cœur, et c'est sur lui seul que je compte aujourd'hui. Vous n'avez encore vécu que pour remplir des devoirs sacrés et pénibles; le temps est venu où ils seront tout d'accord avec votre bonheur. Venez, mon amie,

venez recevoir au pied des autels un nom que
depuis longtemps ma reconnaissance vous a
donné. Nous ne demandons pas de fortune, nous
ne voulons que Suzette. Je sens, ma chère fille,
combien votre délicatesse aura à souffrir ; je sais
que c'est moi qui devrais aller au-devant de vous ;
mais il est des situations, et c'est la mienne,
devant lesquelles toutes les convenances de société disparaissent invinciblement.

» Suzette, c'est à genoux que votre mère vous
demande le bonheur de son fils ; le refuserez-vous,
quand vous saurez que ce fils, qui n'a jamais
cessé de vous aimer, qui adore en vous celle
qui m'a sauvée de l'humiliation, est décidé, si
vous balancez un moment, à aller lui-même réclamer votre main au péril de sa vie ? Eh bien !
ce projet, qui vous fera frémir, a reçu mon con-
sentement ; tant il est vrai que la mort paraît, à
l'un et à l'autre, préférable à la douleur de vivre
sans vous. Bonjour, mon amie ; c'est Adolphe
qui se charge de vous faire passer la prière de
votre mère.

» *P. S.* Comme votre modestie pourrait vous

faire craindre de ne devoir ma démarche qu'à
l'amour de mon fils et à ma reconnaissance, je
vous dirai que nous avons consulté M. Birton,
pour lequel depuis votre veuvage, nous n'avons
rien de caché. Cet homme respectable assure que,
fût-il pair d'Angleterre, s'il rencontrait une seconde Suzette, il la préférerait à qui que ce fût
pour son fils, mais qu'il n'y en a pas deux. Ce sont
ses expressions. »

ADOLPHE A MADAME DEPRÉVAL.

« Madame, la lettre de ma mère vous apprendra qu'elle et M. Birton m'ont seuls empêché de
braver tous les dangers pour aller tomber à vos
genoux. Je ne sais quel espoir m'animait à l'instant où j'en formais le projet; mais, en appro-
chant de vous pour apprendre plus tôt la déci-
sion de mon sort, l'espérance s'est évanouie.
Comment croirai-je, en effet, que celle que j'ai
abandonnée, que j'ai laissé sacrifier, puisse se fier
à mon amour, et veuille unir sa destinée à la mienne? Vous rappellerez-vous, Suzette, (pardonnez-
moi ce nom qui m'est si cher), que jamais un

seul de vos regards ne m'a laissé deviner si vous
étiez sensible à la passion du malheureux Adolphe ? Ah ! si j'avais eu le bonheur de vous atten-
drir, si mon cœur avide eût pu concevoir la moindre espérance, si un aveu de Suzette eût enchaîné mes pas, je puis le jurer par tous les
tourments que j'ai endurés depuis mon fatal départ, aucune considération n'aurait pu rompre
ce que l'amour aurait uni. Mais vous ne connaissez pas ce sentiment impérieux qui embrase
l'âme, maîtrise toutes les pensées, et, attachant
l'existence entière à celle d'un objet adoré, décide du bonheur ou du malheur de la vie. Vous
n'avez jamais aimé, Suzette ; je me le suis répété mille fois depuis notre séparation ; le ciel
semble vous avoir fait naître pour les vertus ,
pour l'amitié ; mais non pour partager l'amour
que vous inspirez. Quelle sera donc ma destinée ? que deviendrai-je ? que deviendra ma
mère, si vous nous abandonnez ? Je n'ose fixer
mes pensées sur l'avenir.

» Mais puis-je vous entretenir de moi, quand
votre situation, vos malheurs devraient seuls

m'occuper ? Ma mère vous offre un asile ; l'amitié qui vous unit ne vous laisserait pas balancer un instant à l'accepter, si elle était seule, ou si j'étais... Suzette, je n'ose achever cette phrase que vous avez froidement tracée dans votre dernière lettre. Moi, marié ! Ah ! lorsque les obstacles m'interdisaient jusqu'à l'espérance, j'avais fait le serment de ne jamais lier ma destinée à celle d'une autre femme ; mes souvenirs suffisaient seuls au bonheur et au malheur du reste de ma vie. Cependant, madame, si ma présence devait nuire à la félicité que vous vous promettez auprès de ma mère, parlez; pourvu que vous soyez heureuse, il n'est pas de sacrifice au-dessus de mes forces. Vous, Suzette, vous seule; voilà ce qui m'occupe, ce qui m'a occupé et m'occupera jusqu'à mon dernier soupir. Que ne puis-je vous exprimer la pureté de mes sentiments! j'ose croire que vous en seriez attendrie. Etait-ce moi que je plaignais depuis notre séparation ? Etait-ce sur mon bonheur que je tremblais? Oh ! non, mon sort était accompli. Mais je connaissais la délicatesse de Suzette, et je gémissais de la

crainte qu'un mariage dans lequel elle n'avait
pas été consultée... affreux souvenir ! Madame,
ayez pitié de moi ; j'attends vos ordres, j'attends
avec autant d'inquiétude que d'effroi l'arrêt
que vous prononcerez. Suzette, Suzette, il s'agit
de la vie du malheureux Adolphe. »

J'étais restée seule à la campagne, ayant refusé
l'offre que M. Birton m'avait faite de laisser auprès de moi celle de ses filles dont la société me
conviendrait le mieux. Il est des situations dans
lesquelles la solitude apporte moins d'ennuis que
des distractions auxquelles il faut se prêter par
complaisance, et qui cependant ne produisent
nul effet sur les pensées qui vous occupent sans
cesse. Plus j'approchais du bonheur, plus je
considérais avec crainte toutes les chances qui
pouvaient le retarder ou peut-être le renverser
pour toujours. Mon fils m'avait écrit pour m'apprendre que son voyage avait été rapide. Je
comptais les jours avec inquiétude ; je le vis bientôt revenir, et revenir sans Suzette. Il me serait
impossible d'exprimer l'effet que son retour fit
sur moi. Il s'en aperçut, et s'empressa de me ras-

surer en me disant qu'il avait obéi aux ordres de madame Depréval. En même temps, il me remit les deux lettres suivantes :

MADAME DEPRÉVAL A MONSIEUR DE SENNETERRE.

« Monsieur, j'ai reçu la lettre de madame votre mère, et je m'empresse d'y répondre; je vous l'envoie sans être cachetée, afin que vous ne puissiez pas m'accuser de garder le silence sur la vôtre. Vous n'avez pu oublier depuis combien peu de temps j'ai perdu un époux dont les bontés m'ont souvent consolée dans les malheurs inséparables de la vie. Si j'ai sur vous autant d'empire que vous le dites, vous ne me refuserez pas de porter vous-même cette lettre à ma bienfaitrice. Croyez, monsieur, que votre projet de venir en France m'a vivement émue, et que je ne me consolerais jamais de vous exposer à un danger dont mon cœur frémit à chaque instant. »

LA MÊME A MADAME DE SENNETERRE.

« Est-ce vous, ma mère, qui me demandez à genoux de faire le bonheur de votre fils, d'aller

vivre toujours, toujours avec ma bienfaitrice?
Moi, Suzette, qui me serais trouvée trop heureuse
de vous servir, et qu'une seule de vos caresses
suffît pour consoler dans l'adversité! O madame!
vous dites que vous avez lu dans mon cœur.
Hélas! je craignais d'y lire moi-même, et je sens
trop qu'il est des sentiments aussi impossibles à
vaincre qu'à dérober à l'œil de l'amitié. Je ne me
pardonnerais pas ma faiblesse, si la bonté avec
laquelle vous m'appelez votre fille ne m'apprenait
que du moins j'ai fait tout ce qui était en ma
puissance pour accomplir mes devoirs envers
mon époux ; l'approbation de madame de Senneterre, plus que mes propres réflexions, m'em-
pêche de rougir de moi-même.

» Sans doute, vous le connaissez bien le cœur
de Suzette, puisque, trop sûre des sentiments qui
l'ont toujours occupé, vous avez craint qu'elle
ne refusât d'aller vivre auprès de vous. Mais, madame, sans croire aux éloges que votre bonté me
prodigue, je ferai taire tout ce qui m'est personnel, pour vous assurer qu'un ordre, un désir de
ma mère, seront toujours la seule règle de ma

conduite. Suzette ira se jeter à vos genoux, et vous remercier de vos bienfaits. Mais, madame, trouverez-vous extraordinaire que j'exige que votre fils ne m'attende pas, et que je vous prie de venir au-devant de moi jusqu'à Londres? J'ai besoin de vous voir seule, ou du moins au milieu de la famille de M. Birton. Je compte tellement sur votre complaisance à cet égard, que je n'attendrai pas votre réponse. N'osant de même prévoir ce que fera M. de Senneterre, je suis très-décidée à ne pas l'instruire du lieu où je m'embarquerai, et il aurait d'autant plus de tort de venir à Paris en ce moment, qu'il ne m'y trouverait pas. Je ne sais quand j'y reviendrai; je ne sais même si j'y reviendrai avant mon départ.

» Adieu, ma mère, ma bienfaitrice ; adieu pour bien peu de temps encore; et alors, toujours à vos côtés, celle que vous avez élevée jusqu'à vous apprendra, par votre exemple, à se faire aimer de tous ceux qui auront attaché leur destinée à la sienne. Ah! madame, comme mon cœur s'agite à cette idée! Est-il vrai que je pourrai faire son bonheur? »

Toujours Suzette! m'écriai-je après avoir lu sa lettre. — Ah! oui, ma mère, me répondit Adolphe, toujours la même; ne sacrifiant rien à l'amour, et cependant forçant celui qui l'aime avec idolâtrie à respecter ses volontés, à l'admirer jusque dans ses rigueurs. Telle elle était il y a sept ans, telle elle est aujourd'hui.

Nous partîmes pour Londres la semaine suivante; Adolphe croyait avancer le temps en cédant à son impatience. Enfin le jour heureux arriva, et nous eûmes le bonheur d'être tous réunis. M. Birton et son épouse se firent un plaisir de présenter Suzette aux autels. Sa modestie, sa sensibilité, et les grâces répandues sur toute sa personne, justifièrent promptement les éloges que nous lui avions donnés.

Avant de quitter la France, elle avait assuré le sort d'Augustine et de son mari; elle avait transigé avec les héritiers de M. Depréval, et sa fortune, dont mon fils lui abandonna l'entière disposition, fut placée dans la maison de l'honnête négociant qui lui servit de père à son mariage.

Nous retournâmes bientôt dans l'habitation que j'avais achetée des débris de mon ancienne opulence. C'est là que, entre l'amitié, l'amour, tous les sentiments qui attachent à la vie, Adolphe, son épouse et moi, nous jouissons d'une tranquillité achetée par tant de larmes, ne regrettant ni les richesses, ni les rangs, si souvent pénibles par les devoirs qu'ils imposent. Suzette, oubliant que nous lui devons le bonheur, se conduit comme si elle nous avait l'obligation de celui qu'elle éprouve, et, par toutes ses actions, nous force à répéter chaque jour avec un nouveau plaisir : *Toujours, toujours Suzette.*

FIN DE LA DOT DE SUZETTE

LA JALOUSIE

Edouard de Rulsberg parcourait les diverses
contrées de l'Allemagne, dans l'espoir de dissiper une mélancolie d'autant plus pénible, qu'elle
était sans motif. Né au sein de l'abondance, il
n'avait encore rien désiré vivement, et cependant
sa tête était ardente, et son cœur capable d'une
grande passion. Les arts l'avaient séduit un moment, les sciences l'avaient occupé à leur tour,
sans pouvoir fixer le vague de son imagination.
Si la fortune l'avait bien traité, la nature ne lui
avait pas moins été favorable. Rulsberg était
d'une taille avantageuse, et sa figure aurait pu
servir de modèle pour peindre le calme sublime
de la douleur. Il était impossible de le voir sans
ressentir pour lui un intérêt indéfinissable; on
lui souhaitait le bonheur qu'il méritait par ses
vertus; mais, en le considérant avec attention,

on n'échappait point au pressentiment qu'il était destiné à être malheureux. On sait l'impression que ces figures belles et mélancoliques produisent sur les femmes : Edouard avait été souvent tenté ; un sourire de lui était presque regardé comme un engagement ; et cependant, à vingt-cinq ans, il n'avait pas encore connu l'amour. Pour lui, ou cette passion ne devait point exister, ou elle devait à jamais décider de son sort.

Rulsberg, promenant partout son indifférence, arriva à Sleswick, capitale du duché de ce nom. Porteur de lettres de recommandation pour les meilleures maisons de cette ville, il se présenta chez M. le comte de Mulhausen avec qui sa famille était liée depuis longtemps, et ne put refuser d'accepter un appartement chez lui.

M. de Mulhausen était un bonhomme qui n'aurait jamais eu d'idées si son épouse ne s'était chargée de lui donner celles qui lui paraissaient les plus favorables à ses désirs personnels ; te comme elle était très-coquette, elle lui inspira le courage d'afficher ce que l'on appelle en France la philosophie conjugale. Il n'était regardé chez lui que comme un convive de sa femme, et faisait nombre au milieu de ses adorateurs. Elle recevait la meilleure compagnie de la ville, et peut-être M. de Mulhausen était-il le seul à Sleswick qui ignorât que son épouse, grâce à beaucoup de fierté, ne poussait pas la coquetterie au delà du plaisir de multiplier ses conquêtes. En un mot, tout le monde pouvait blâmer son caractère, mais personne n'aurait osé prononcer contre ses mœurs.

La comtesse de Mulhausen, à trente ans, avait conservé cette taille séduisante qui semble n'appartenir qu'à l'adolescence; elle ne l'ignorait pas, et savait en tirer le plus grand parti. Sa figure était d'une régularité parfaite; et cependant, avec les traits les plus délicats, elle faisait à peine illusion au premier abord, et ne plaisait pas à l'examen. La sécheresse de son âme l'avait privée de ce charme qui l'emporte sur la beauté, qu'on appelle physionomie, qui répond du caractère, et ne trompe que ceux qu'on peut également tromper sur tout autre objet. La physionomie de madame de Mulhausen eût dit clairement que son

12

cœur était faux et cruel, si elle n'avait employé
toutes les ressources de l'art pour forcer sa bouche
à sourire, et ses yeux à n'être que spirituels.
Dans un cercle, elle était charmante ; dans le
tête-à-tête, elle paraissait ce qu'elle voulait qu'on
la crût ; mais s'il lui arrivait une contrariété imprévue, si une jolie femme, dans sa simplicité,
partageait avec elle l'attention générale, l'humeur et le dédain chassaient le sourire des lèvres
de la comtesse, et ses yeux devenaient sombres à
inspirer l'effroi. Ce contraste échappait aux
petits-maîtres de Sleswick ; car dans tous les pays
ceux qui suivent le char d'une coquette ne sont
pas difficiles ; ils veulent être distingués, comme
elle veut qu'on la distingue: c'est un échange
dont l'amour-propre fait tous les frais. L'homme
sensible exige davantage, et ce n'est pas sans
motif que les femmes dont le cœur est froid le
tournent en ridicule quand elles renoncent à le
séduire ; c'est faire la guerre à l'ennemi.

Madame de Mulhausen avait vu entrer notre
voyageur ; elle l'avait d'abord regardé pour chercher à le reconnaître ; et bientôt, par un mouve-

ment involontaire, elle l'avait suivi des yeux dans
la galerie qu'il était obligé de traverser pour se
rendre à l'appartement du comte. Edouard ne
l'avait point aperçue. Placée derrière une jalousie,
elle était encore à la même place, lorsqu'il sortit
pour aller donner l'ordre de faire transporter ses
effets à l'hôtel de Mulhausen. Un sentiment plus
fort que la curiosité faisait désirer à la comtesse
de savoir quel était cet étranger. Elle se disposait
à passer chez son époux, quand il vint lui-même
lui rendre compte de la visite qu'il avait reçue,
de l'offre qu'il avait faite, et lui demander de
traiter Rulsberg comme le fils d'un de ses anciens amis. Madame de Mulhausen n'eut pas de
peine à promettre; elle se rappela avec plaisir
qu'elle attendait ce jour-là beaucoup de monde,
et pria son époux de la laisser libre de songer à
sa toilette. Jamais elle n'avait autant désiré de
plaire; elle s'applaudissait de pouvoir se montrer
à Edouard entourée d'une cour nombreuse. Elle
mettait d'autant plus d'amour-propre à le capti-
ver, que son époux lui avait dit en plaisantant
que la lettre de recommandation dont Rulsberg

était porteur le peignait comme un homme fort
aimable, mais digne, par son indifférence, d'être
livré à toute la colère des beautés de Sleswick.
« Ainsi, madame, ajouta le comte en se retirant,
il est trop juste que vous vous mettiez sous les
armes. »

Si M. de Mulhausen avait fait les honneurs
d'Edouard à son épouse, il avait également fait
les honneurs de son épouse à Edouard. Riant
avec lui de la réputation que lui donnait sa lettre
de recommandation, il l'avait prévenu d'être en
garde contre la comtesse, et l'avait vantée comme
une femme à laquelle personne ne résistait. « Je
n'y conçois rien, avait-il dit; il faut sans doute
qu'elle soit belle au delà de ce que j'imagine,
car elle fixe les vœux de tous les hommes, et a
l'art de faire vivre ensemble des gens qui devraient se détester, puisqu'ils sont rivaux. Cela me
passe. » Rulsberg ne put s'empêcher de sourire
de la bonhomie d'un homme qui, ne sachant que
penser des charmes de son épouse, avait pris le
parti d'en juger par ce qu'il en entendait dire.
M. de Mulhausen, qui crut apercevoir, dans ce

sourire, l'assurance qu'Edouard annonçait de
braver le danger, ajouta très-sérieusement : « Eh
bien ! je vous attends à votre tour ; nous verrons
comment vous vous en tirerez. »

Les discours du comte avaient inspiré mutuel·
lement à son épouse et à Rulsberg un vif désir
de se connaître ; mais la comtesse, qui avait vu
notre voyageur, y mettait un grand intérêt,
tandis que celui-ci ne pensait qu'à bien observer
cette femme étonnante, à laquelle personne ne
résistait.

Il la vit, et la jugea d'abord peu favorable-
ment ; il fut avec elle de cette politesse dictée par
l'usage, mais qui n'annonce pas du tout l'intention de plaire. La comtesse ne s'y trompa point,
et ressentant pour la première fois que son cœur
prenait à cette nouvelle conquête plus d'intérêt
que sa vanité, elle mit moins d'art que de sensibilité dans le peu de mots qu'elle adressa à
Edouard. Peu à peu elle l'attira près d'elle, et,
soit par calcul, soit que le plaisir de l'occuper
l'entraînât, elle parut oublier sa société entière,
en causant avec lui. Rulsberg fut flatté de cette

préférence; il sentit s'effacer les préventions que
lui avait inspirées la première vue de la comtesse,
et lui sut gré surtout de la franchise qu'elle mit
dans leur conversation. Cette franchise était-elle
entière? et lorsque madame de Mulhausen se
plaignait des hommages qu'on lui adressait, lorsqu'elle vantait son goût pour la solitude, et
qu'elle assurait que le bonheur ne pouvait exister
que dans l'union de deux cœurs bien épris, était-
elle entraînée par le sentiment nouveau qu'elle
éprouvait, ou bien employait-elle, pour séduire
Rulsberg, le seul moyen qu'elle jugeait devoir
réussir auprès de lui? Peut-être l'impulsion et le
calcul se confondaient-ils en ce moment, car le
passage de la coquetterie à l'amour n'est jamais
si rapide, qu'une femme cesse tout à coup d'être
coquette en devenant sensible. Si Edouard se fût
montré l'esclave de madame de Mulhausen, la
fierté chez elle l'aurait sans doute emporté sur
le sentiment qu'il lui inspirait; elle ne l'aima avec
fureur que parce qu'il fut le premier qui lui
résista, et qui lui fit connaître le tourment si
cruel de la jalousie.

Pendant qu'il prêtait une oreille attentive à des discussions sur le bonheur, on annonça monsieur, madame et mademoiselle de Péterson. Rulsberg aperçut, dans tous les traits de la comtesse, l'humeur que lui donnait la nécessité de se lever pour recevoir de nouvelles visites, et cette impression fut telle, qu'elle le rendit à ses premières préventions; mais bientôt il oublia ce qu'il venait d'entendre et ses propres réflexions, en considérant la plus jeune des femmes au-devant desquelles allait madame de Mulhausen. Dix-huit ans, une taille charmante, une figure belle, pâle, intéressante, une physionomie qui annonçait la bonté, un sourire qui voulait cacher le malheur, et qui trahissait le secret d'un cœur dévoré de chagrin... A peine Edouard sait-il le nom de celle qui attire ses regards, et déjà il donnerait sa vie pour qu'elle pût sourire avec la gaieté de son âge.

Madame de Mulhausen vint reprendre la place qu'elle occupait près de lui; mais il lui fut impossible de fixer de nouveau son attention. En l'examinant, elle ne put douter du motif de la distrac-

tion avec laquelle il l'écoutait. « Il me paraît, lui
dit-elle, que madame de Pétersen vous occupe
beaucoup. La trouvez-vous jolie? — Elle a passé
l'âge où l'on peut espérer plaire uniquement par
sa figure, répondit Edouard; mais j'avoue que sa
fille m'inspire un intérêt d'autant plus vif, que je
ne la crois pas heureuse. — Sa fille! mais elle
n'a point d'enfants; à peine y a t-il six mois
qu'elle est mariée. — Mariée! s'écria Rulsberg
avec la plus vive agitation, qui? cette jeune personne? — Oui, mariée avec ce vieillard. — Est-il
possible! Et quelle est donc cette femme que je
prenais pour sa mère? — C'est la sœur de son
mari, vieille fille désespérée de l'être, et qui, dit-
on, ne renoncera qu'en mourant à l'espoir de
faire un heureux. »

Edouard tomba dans une profonde rêverie. En
vain la comtesse essaya-t-elle de le rappeler à leur
première conversation; il ne lui répondit que par
des monosyllabes presque toujours placés à contre-sens. Piquée intérieurement, mais forcée de
faire les honneurs de sa maison, Rulsberg profita
d'un moment où elle était entourée de plusieurs

jeunes gens, pour changer de place ; et, sans avoir
de projet déterminé, après avoir parcouru le salon
pendant quelques minutes, il vint s'asseoir vis-à-vis
madame de Pétersen, et ne cessa de la regarder.

Mademoiselle de Pétersen, placée auprès de sa
belle-sœur, remarqua que les yeux du jeune
étanger étaient toujours tournés de son côté.
Comme l'espoir de se marier était, depuis trente
ans, son unique affaire, qu'elle y rapportait toutes ses idées, elle y rapporta de même les regards
d'Edouard, et saisit la première occasion d'engager une conversation avec lui. « Vous êtes depuis peu à Sleswick ? Y serez-vous longtemps ?
Y connaissez-vous beaucoup de monde ? » Ses
questions n'attendaient pas régulièrement les
réponses ; et, tout en interrogeant, mademoiselle
de Pétersen ayant vu que le siége près d'elle se
trouvait vide, elle le poussa un peu en avant,
toujours en continuant son interrogatoire ; mais
cela voulait dire si clairement : Approchez-vous,
nous causerons mieux, que Rulsberg vint occuper le siége qu'on lui présentait, et se trouva
tout près de la jeune dame de Pétersen qui ne

prit aucune part à la conversation, quoiqu'il lui
fût impossible de paraître ne pas l'entendre ;
mais lorsqu'elle levait les yeux, elle trouvait toujours ceux de Rulsberg fixés sur elle, et souvent
dans les réponses qu'il faisait à sa belle-sœur, elle
pouvait aussi croire qu'il lui adressait la parole.
Par exemple, mademoiselle de Péterson lui ayant
demandé s'il était marié, il répondit d'une voix
tremblante, qu'il n'avait jusqu'alors rencontré
qu'une seule femme à laquelle il aurait avec plaisir sacrifié son existence ; que la voir, l'aimer, et
apprendre qu'elle n'était plus libre, avait été
pour lui l'affaire d'un moment, mais que ce moment était de ceux qui influent à jamais sur la
destinée. La jeune madame de Péterson baissa
les yeux ; une légère rougeur couvrit ses joues ;
elle sentit qu'elle rougissait, et son visage s'en-
flamma. Interdite, elle se lève pour éviter les
regards de l'étranger, et s'approche d'une table
de jeu où était son époux. Ainsi, sans lui avoir
parlé, Edouard lui avait déjà dit qu'il l'aimait, et,
sans avoir proféré une seule parole madame de
Péterson tremblait d'avoir paru entendre le dis-

cours d'Edouard, peut-être encore davantage de
lui avoir donné un sens qu'il pouvait ne pas avoir.
Mademoiselle de Pétersen, trop occupée d'elle
pour rien deviner de ce qui n'avait pas rapport à
elle, s'efforça de persuader à Ruisberg que l'a-
mour d'un moment n'était qu'une fantaisie, et
qu'il n'y avait de durable que les sentiments fon-
dés sur l'estime. Tout ce qu'elle ajouta mériterait sans doute d'être écrit ; le malheur a voulu que celui auquel elle s'adressait n'en entendit
pas quatre mots : il suivait des yeux madame de
Pétersen, et s'occupait intérieurement à trouver
un prétexte plausible pour quitter une place qui
ne lui convenait plus. La comtesse de Mulhausen
qui, de son côté, cherchait depuis un quart-
d'heure les moyens de l'arracher des mains d'une
vieille fille qui ne lui avait jamais paru plus
insupportable, vint offrir à Rulsberg de jouer.
Il accepta, perdit, et ne s'aperçut que du départ
de madame de Pétersen, dont la belle-sœur eut
grand soin de venir saluer ceux qui jouaient avec
lui, afin d'avoir une occasion de lui faire sentir
qu'elle se retirait. Cette pauvre mademoiselle de

Péterson passait les journées à contraindre tout
le monde à s'occuper d'elle, et ses soirées à réca-
pituler les politesses qu'on lui avait faites. — Il
m'a saluée, il a causé avec moi pendant fort longtemps, étaient ses observations habituelles ; et
quand elle ajoutait : Je sais bien ce qu'il m'a
dit, on pouvait jurer qu'elle s'attendait à une
déclaration. Hélas ! elle attendait toujours.

Qui pourrait voir chacun de nos personnages
livré à ses réflexions, penserait que cette soirée
prépara de grands événements, par les diverses
passions qu'elle fit naître. Le comte de Mulhausen, qui n'était pour rien dans ce qui se passait
chez lui, et qui, n'ayant ni passions ni idées, se
contentait de vivre, s'endormit aussitôt qu'il fut
seul. Son épouse, au contraire, veillait dans la
plus grande agitation. Rulsberg avait paru insensible à ses charmes, Rulsberg aimait madame
de Péterson, elle n'en pouvait douter. Elle inter-
rogea son cœur, et ne chercha point à se dissimuler qu'elle éprouvait enfin cette terrible
passion qu'elle s'était contentée jusqu'alors d'inspirer. Amour et jalousie entrèrent à la fois dans

cette âme altière, et y produisirent une longue tempête. Que de projets elle forma! Peu à peu ses idées se fixèrent; elle s'arrêta aux trois points suivants, comme devant diriger sa conduite : faire entendre à Rulsberg que madame de Petersen aimait avant de se marier, et qu'elle aime encore; évi er de le présenter chez elle ; affecter le désintéressement d'une amie, afin d'être instruite de toutes ses démarches et de connaître jusqu'à ses plus secrètes pensées.

Edouard n'était guère plus tranquille que la comtesse de Mulhausen, mais il n'était pas aussi malheureux; sa sensibilité se portait bien plus sur madame de Pétersen que sur lui. Il la plaignait d'être unie, si jeune, à un vieillard dont les manières lui paraissaient brusques; et s'obstinant à deviner les motifs qui avaient pu l'engager à former une pareille union, il faisait un roman tout entier sur des aventures qu'il ne connaissait pas. Il faut remarquer que l'amour n'était pour rien dans le passé dont Edouard entourait madame de Pétersen; il ne lui vint même pas dans l'idée qu'elle eût pu aimer jusqu'alors. Il l'avait vue rougir, et il se livrait avec franchise à son imagination. En général il régnait un grand vague dans ses pensées ; il ne les assemblait pas, parce qu'il ignorait encore ce qu'il pouvait craindre, et qu'il ne se rendait pas compte de ce qu'il espérait. Tout ce qu'il éprouvait, c'est que l'ennui qui l'avait obsédé jusqu'à ce jour se dissipait devant le souvenir de madame de Pétersen, et que s'occuper d'elle était commencer à sentir le prix de l'existence. Chacune de ces réflexions se terminait par un soupir qui équivalait à ces mots : Pourquoi est-elle mariée ? ou, pourquoi n'est-elle pas heureuse ? car il était aussi sûr qu'elle avait des chagrins, que s'il en eût reçu la confidence d'elle-même.

M. de Pétersen, qui pensait toujours hautement, et dont toutes les pensées étaient désagréables, murmurait contre le jeu, non parce qu'il avait perdu, mais parce qu'il n'avait pas gagné ; il criait contre les femmes qui ne savent pas vivre chez elles, et qui vont risquer au milieu du monde une vertu qu'elles ne peuvent conserver que dans la retraite. C'était son usage chaque

fois qu'il rentrait chez lui ; et trop semblable, à
cet égard, à bien des maris, il ne savait ni procurer un plaisir, ni souffrir qu'on jouit en paix de
ceux qu'il était quelquefois obiigé de permettre.
Aussi madame de Pétersen n'acceptait-elle jamais
une invitation qu'à regret ; et, quoique peu disposée à partager les amusements de la société,
elle ne craignait rien tant que de la quitter, non
par l'agrément qu'elle y trouvait, mais à cause
des scènes qui l'attendaient au retour, et auxquelles elle était fort sensible. Cependant pour
cette soirée, les sermons de M. de Pétersen furent
perdus ; en vain il s'adressa directement à Helmina (nom qu'il avait conservé à son épouse),
Helmina, suivant sa coutume, ne lui répondit pas
un mot ; mais, ce qui ne lui était jamais arrivé,
elle ne montra aucune émotion, et M. de Pétersen se coucha, assez étonné de n'avoir pas vu
pleurer son épouse.

Pauvre Helmina ! que ne devais-tu à la certitude de ton innocence, à la juste fierté d'un cœur
pur, le calme avec lequel tu reçus les insuppor-
tables reproches de ton époux ! Tu ne les en-

tendis pas ; tu étais trop occupée de tes propres
pensées, pour être frappée par le bruit vague de
M. de Pétersen. Tu ne rêvais pas directement à
Edouard, mais ta rougeur qu'il avait dû remarquer, et dont tu cherchais alors à démêler la
cause, te ramenait sans cesse à lui. Pourquoi avais-
tu rougi, lorsqu'il avait parlé avec chaleur de la
seule femme qui lui avait fait connaître l'amour,
et de sa douleur en apprenant qu'elle n'était plus
libre ? Il te regardait, il était vivement ému, son
haleine arrivait jusqu'à toi ; mais pensait-il à
Helmina ? Combien de fois des jeunes étourdis
n'avaient-ils pas osé prononcer devant toi le mot
d'amour, sans obtenir d'autre réponse qu'un regard sévère ? Rulsberg n'avait pas dit un mot
qui s'adressât directement à toi, et chaque mot
de Rulsberg s'était gravé dans ta mémoire ; en te
les rappelant, tu crois entendre encore le doux
frémissement de sa voix, de cette voix qui part
d'une âme profondément blessée, et qui cause à
toute femme qui l'écoute une rougeur involontaire. Helmina, chasse ce souvenir : le repos de
ta vie en dépend.

Pour mademoiselle de Pétersen, retirée dans
son appartement, elle arrangeait avec le plus
grand détail tout ce qui avait rapport à son mariage. Sa fortune était assez grande pour satisfaire les vœux d'un homme intéressé, et, sans
doute, l'étranger ne l'était pas ; ainsi nulle inquiétude à cet égard. Son frère était bien vieux
pour espérer renaître dans ses enfants ; en avan-
tageant Edouard, elle ne croyait donc pas qu'on
eût rien à lui reprocher. Après tout, n'y avait-il
pas assez longtemps qu'elle se sacrifiait au bonheur des autres? il était bien juste qu'elle pensât
sérieusement à elle. Son époux l'emmènerait-il
bien loin, ou s'établirait-il à Sleswick? cela ne
méritait pas de longues réflexions ; une femme
ne doit plus avoir de volontés, dès l'instant qu'elle
est engagée ; d'ailleurs ses terres étaient encore
affermées pour trois ans, et d'ici là on verrait le
meilleur parti à prendre. Elle arriva insensiblement jusqu'à l'absolue nécessité de faire remonter
ses diamants ; le dessin l'embarrassait un peu ;
mais en pareille circonstance on a du plaisir à
consulter ses amies. Bref, dans tous ses projets,

elle ne vit d'autre inconvénient que la jeunesse
de Rulsberg; elle y pensa mûrement, et finit par
se gronder elle-même d'être si difficile ; car enfin,
il faut savoir supporter quelque chose, et qui
voudrait la perfection, risquerait fort de ne jamais se marier. Il y avait près d'un quart d'heure
que mademoiselle de Pétersen était endormie,
quand elle s'arrêta à cette conclusion, et si on ne
l'a pas observé plus tôt, c'est que toutes les fois
que mademoiselle de Pétersen s'occupe de mariage, la nuance n'est pas facile à saisir entre ses
rêves et ses réflexions.

Rulsberg attendait avec impatience le moment
où il pourrait se présenter chez madame de Mulhausen; elle désirait également l'entretenir, et
lui fit dire que s'il n'avait rien qui le retînt dans
son appartement, elle l'engageait à déjeuner avec
elle. Il se rendit à cette invitation. La conversation fut longtemps languissante: sans trop s'expliquer pourquoi, Rulsberg ne voulait point
parler le premier de madame de Pétersen, et la
comtesse, de son côté, attendait qu'il l'interro-
geât. Elle fit, en peu de mots, l'histoire de toutes

les femmes qui avaient paru chez elle la veille, et ne dit rien d'Helmina. Rulsberg l'observa intérieurement, et ce fut pour lui un motif de plus de se taire. La jalousie sait tout interpréter : la comtesse tira du silence d'Edouard absolument la même conclusion qu'elle eût tiré de son empressement à nommer madame de Pétersen; et puisqu'elle avait un motif pour éviter d'en parler, elle sentit que celui qui l'imitait à cet égard en avait un aussi. Sa pénétration ne servait qu'à la tourmenter. M. de Mulhausen entra chez son épouse; Edouard se trouva plus libre; et, ramenant adroitement la conversation, il n'eut pas de peine à engager le comte à parler d'Helmina. « Elle a fait un sot mariage, dit-il, mais les enfants sont souvent victimes des fautes de leurs parents; les uns paient pour les autres, et tout s'arrange.

— Il fallait des motifs bien puissants, répondit Edouard, pour qu'une jeune personne qui paraît beaucoup réfléchir, consentît à sacrifier sa liberté.

— Et ce qu'il y a de plus cruel, ajouta la comtesse, c'est que le public, qui ne peut savoir ce qui se passe dans l'intérieur des familles, expli-

que tout à sa manière, et cette manière est rarement indulgente. — Ma foi! dit le comte, je ne
me mêle pas d'approfondir les affaires des autres;
mais j'ai cent fois entendu répéter que le père
d'Helmina perdit sa fortune au jeu; que M. de
Pétersen lui gagna, non-seulement sa dernière
propriété (une assez belle terre à quelques lieues
d'ici, sur la route de Flensbourg), mais une somme considérable sur sa parole, et que la jeune
fille fut la monnaie avec laquelle il s'acquitta. —
Pauvre enfant! soupira Rulsberg. — Il y a beaucoup de vérité dans le fond de cette histoire,
répondit la comtesse; il est même possible que
la méchanceté seule ait ajouté qu'Helmina n'osa
résister à la volonté de son père, parce qu'il lui
avait reproché, avec raison, l'attachement qu'elle
avait conçu pour un jeune homme qui lui ensei-
gnait la musique, et qui est venu s'établir ici depuis le mariage de M. de Pétersen. — Je n'avais jamais entendu parler de cette amourette, dit le
comte en avançant les lèvres, et balançant la tête.
— Tout ce qui est obscur se cache aisément, observa la comtesse. Au reste, je ne sais pourquoi

nous nous occupons de cela, car je n'en crois pas
un mot. Madame de Pétersen est triste, il est
vrai ; mais, dans sa position, on peut avoir bien
des peines sans connaître celles que donne un
amour malheureux ou coupable. » Edouard ne
se mêlait plus de la conversation ; il avait reçu
avec surprise la possibilité que la triste Helmina
eût formé un engagement ; il balançait les raisons pour ou contre cette aventure ; mais, comme
en aimant on ne sait que tout craindre ou tout
espérer, il passa alternativement de la conviction
à l'incrédulité, et finit par rester dans le doute.
M. de Mulhausen, pour renouer l'entretien,
s'étant avisé de lui demander s'il resterait longtemps à Sleswick, il répondit qu'il ne le croyait
pas, réponse qui fit regretter à la comtesse la calomnie qu'elle venait de hasarder.

« Ce serait dommage, ajouta le comte ; si vous
eussiez pensé à vous fixer dans ce pays, la terre
dont je vous parlais tout à l'heure est à vendre ;
M. de Pétersen cherche à s'en défaire. — Quelle
terre ? répondit Edouard pour paraître écouter. —
Mais celle qui appartenait au père d'Helmina,

sur la route de Flensbourg. On assure que c'est un endroit délicieux, et madame de Pétersen la regrette d'autant plus qu'elle y a passé son enfance. — Vous avez raison, dit Edouard ; ce doit être un endroit délicieux. »

Il était difficile de faire une réponse plus singulière ; madame de Mulhausen fut la seule qui s'en aperçut. Elle rompit la conversation, et Rulsberg profita avec empressement de la première occasion qui s'offrit pour remonter chez lui. Il voulait être seul, pour ne pas entendre nommer Helmina, ou plutôt pour se livrer entièrement à ses pensées, qui n'avaient plus qu'elle pour objet. Après avoir longtemps réfléchi, il prit la résolution de fuir les occasions de la voir, et de rester peu de jours à Sleswick. Il sortit pour faire des visites aux personnes auxquelles il était recommandé, sans s'avouer qu'il espérait rencontrer madame de Pétersen, ou du moins en entendre parler par d'autres que la comtesse de Mulhausen. Cette femme lui déplaisait. Elle venait de lui dire que le cœur d'Helmina n'était plus libre.

Rulsberg, bien accueilli partout, courut pen-

dant cinq jours toutes les sociétés, sans pouvoir
rencontrer madame de Pétersen, mais ne man-
quant jamais sa belle-sœur. Il ne voyait qu'elle;
et comme le plaisir de parler d'Helmina lui rendait sa société plus agréable que toute autre, il
était le premier à l'aborder. Quiconque eût été
instruit de leurs dispositions secrètes, aurait
trouvé leur conversation singulière. Mademoiselle
de Pétersen ramenait toujours les dangers du
célibat, les douceurs d'une union bien assortie,
et Rulsberg lui répondait constamment par les
malheurs d'un mariage formé contre le penchant
du cœur. Ils ne s'entendaient ni l'un ni l'autre,
mais ils croyaient s'entendre, et c'est toujours
quelque chose. Par ces divers entretiens, il fut
confirmé dans le bien qu'il pensait d'Helmina;
à cet égard, il n'y avait qu'une voix dans Sleswick. Il n'en était pas de même sur la comtesse
de Mulhausen, et rien n'est plus juste. La comtesse visait à la célébrité; on la vantait avec enthousiasme, ou on se déchaînait contre elle avec
fureur. Madame de Pétersen cachait sa beauté
sous sa modestie; tout le monde s'accordait pour

en dire du bien, et le bien qu'on en disait généralement la rendait plus chère à Rulsberg. Il avait
appris de sa belle-sœur qu'elle n'aimait pas le
monde, ou plutôt que son époux lui faisait sentir
qu'elle ne devait pas l'aimer. « Il est vrai, disait-
elle, que M. de Pétersen est bien ridicule, et c'est
incontestablement à son humeur incivile que
je dois m'en prendre de tous les mariages que
j'ai manqués. Il ne veut recevoir personne; j'ai
eu trop longtemps la bonté de m'asservir à ses
volontés; mais c'en est fait: ou il souffrira que
j'accueille ceux que j'aurais tant de plaisir à voir,
ou je prendrai ma maison. Il me semble que je
puis bien moi-même répondre de ma conduite.
— Sans doute, dit Edouard. — De ce que je re-
cevrais du monde, il ne s'ensuit pas nécessairement que son épouse verrait les personnes qui
formeraient ma société. — Mais à présent, dit
Edouard, cela vous serait-il facile? — Pas trop;
nous avons pris l'habitude d'être presque toujours ensemble; mais si je romps avec lui, ce
sera sa faute: pourquoi est-il jaloux? — Pourquoi est-il marié? dit Edouard. — Très-décidé-

ment, je veux me soustraire à ce joug, et quiconque me montrerait le désir d'être reçu chez
moi, m'obligerait en me donnant l'occasion de
prouver à M. de Pétersen que je ne suis plus une
enfant. »

L'attaque était directe; Rulsberg n'y répondit
pas, mais il y pensa. Le lendemain il alla voir
cette terre que M. de Mulhausen lui avait dit
être à vendre. Il y trouva un vieux concierge qui
avait bien des fois porté Helmina dans ses bras,
et qui ne pouvait en parler sans verser des larmes.
Rulsberg l'écouta avec le plus vif intérêt. Il passa la nuit au château, et n'en sortit le lendemain
qu'au déclin du jour. Qu'avait-il fait? il avait,
toujours avec le concierge, visité les appartements,
tous les bosquets du parc, et partout où son
conducteur commençait la conversation par ces
mots: « C'est ici que mademoiselle Helmina..... »
Rulsberg s'arrêtait. Interrogeant avec inquiétude
le vieillard sur l'éducation de sa jeune maîtresse,
il n'apprit pas sans le plus grand plaisir qu'elle
n'avait jamais reçu de leçons de musique que
d'un maître de Flensbourg, âgé de quarante ans.

Il s'informa aussi de l'ancien propriétaire, et le concierge lui confirma que ce malheureux seigneur s'était ruiné au jeu, qu'il voyageait pour cacher sa honte, et ne vivait que d'une modique pension que, par son contrat de mariage, M. de Pétersen s'était obligé de lui faire.

Rulsberg, ivre de joie et d'amour, revint à Sleswick, bien décidé à acheter la terre de Liettmankor; il n'avait pris aucuns renseignements sur les revenus de cette terre, mais que lui importait! Les appartements, les meubles, le parc, et le vieux concierge, il ne lui en fallait pas davantage.

Le jour suivant, il se présenta chez mademoiselle de Pétersen, si vivement émue de cette visite, qu'elle ne savait ni ce qu'elle disait, ni ce qu'elle faisait, et n'en était que mieux d'accord avec Edouard. Lorsqu'il lui eut appris qu'il venait voir son frère dans l'intention de traiter avec lui de la terre de Liettmankor, elle parcourut son appartement en criant: Helmina! Helmina! Madame de Pétersen vint, rougit et trembla, en apercevant Rulsberg qui lui-même avait à peine assez de force pour la saluer. Mais mademoiselle de Pétersen, toujours courant, lui dit : « Ma sœur (car mademoiselle de Pétersen appelait la jeune Helmina du nom de sœur, tandis qu'elle disait toujours Monsieur, en parlant de son vieux frère), ma sœur, M. de Rulsberg va se fixer dans ce pays (voyez les conséquences!); il vient voir votre époux, dans l'intention d'acquérir le terre de Liettmankor. » Et elle sortit pour avertir M. de Pétersen.

Voilà donc Helmina et Rulsberg seuls, en présence l'un de l'autre, n'osant ni s'avancer ni se regarder. Depuis la première fois qu'ils s'étaient rencontrés, ils n'avaient pas cessé d'y songer. Rulsberg se rappelait fort bien qu'Helmina avait entendu ce qu'il avait dit de l'amour, et Helmina n'oubliait pas qu'elle avait rougi devant Rulsberg. Quel embarras! plus il se prolongeait, et plus il devenait difficile de le faire cesser. Edouard, honteux de n'avoir pas encore adressé la parole à madame de Pétersen, sentait qu'après un aussi long silence il ne pouvait commencer la conversation par une phrase insignifiante, et il se taisait.

Madame de Pétersen, inquiète de l'idée qu'un
étranger pourrait prendre d'une femme qui,
dans sa propre maison, ne savait rien dire à
quelqu'un qui attendait son époux, cherchait
toujours ce qu'elle dirait, et rien se présentait à
son imagination. Ce qu'elle pensait, elle devait
le taire. Enfin Edouard s'écria tout à coup :
« C'est un séjour délicieux que Lieltmankor! » et
Helmina répondit avec attendrissement: « Il fut
seize ans pour moi celui du bonheur. »

« Je le sais, » ajouta-t-il, et, sans s'arrêter, il
raconta à Helmina même l'histoire de sa propre
enfance: d'abord elle parut surprise; mais bientôt, se livrant à des souvenirs si doux, elle cita
à son tour des traits que sa mémoire lui rappelait
comme s'ils étaient encore présents. C'était un
jour qu'elle était tombée dans la pièce d'eau, près
du petit pavillon; elle avait eu bien peur, et
Rulsberg frissonnait. Il lui parlait ensuite du
vieux pauvre qui venait tous les matins à la
grande grille, au bout du parc, du vieux pauvre
auquel elle portait chaque jour une partie de
son déjeuner, ou du pain qu'elle croyait prendre

en cachette, et qu'on mettait d'avance à sa portée pour qu'elle le prît ; et Helmina rougissait et
souriait à la fois. Puis, c'était le grand bosquet à
droite, puis l'allée de tilleuls, puis le verger, puis
le potager; on eût dit deux amis élevés ensemble,
séparés, se rencontrant au bout de dix ans et
trouvant un plaisir égal à se rappeler les jours
de leur enfance. En quelques minutes, ils étaient
passés du plus profond silence à une causerie si
intime, que lorsque le bruit de quelqu'un qui
marchait les avertit qu'on allait entrer, par un
mouvement involontaire, ils éloignèrent réciproquement leur siége. Est-il besoin, après cela, de
se dire que l'on s'aime?

M. de Pétersen s'excusa auprès de Rulsberg
de l'avoir fait attendre: jamis excuse ne fut plus
inutile. Rulsberg ignorait qu'il attendait, et depuis combien de temps il était là. Il aurait pu en
juger par le changement qu'il remarqua dans la
toilette de mademoiselle de Pétersen; elle avait
cru indispensable de se mettre en état de repa-
raître, avant d'aller avertir son frère; et c'était
par ce motif qu'elle s'en était chargée elle-même

La conversation devint générale, et se termina
par l'arrangement pris d'aller tous ensemble, le
lendemain, à Liettmankor. Comme mademoiselle
de Pétersen avait insisté pour être du voyage, il
était naturel qu'Helmina en fût aussi. D'ailleurs
son époux, encore plus intéressé que jaloux,
comptait bien lui faire la leçon pour qu'elle
vantât les agréments de cette terre, qu'elle connaissait mieux que lui.

Le bonheur prépare à l'indulgence, et Rulsberg
était si heureux! Pendant cinq jours il avait fui,
autant que possible, la comtesse de Mulhausen; il
sentait que cette femme le gênait; elle avait des
yeux si perçants, et toujours attachés sur lui! sa
conversation ressemblait à une enquête; on aurait pu croire qu'elle ne parlait que pour deviner
votre pensée, et la contrarier. Telle Edouard la
voyait il y a vingt-quatre heures; mais à
présent, il se reproche un jugement sévère,
ou plutôt il ne juge plus personne; il ne pense
qu'à Helmina qu'il vient de quitter, avec laquelle
il a causé si familièrement, qu'il reverra demain
encore. A qui le dire? En rentrant chez lui, il

se présente à l'appartement de la comtesse, l'en-
tretient de l'acquisition qu'il va faire, ne nomme
pas Helmina, se croit très-discret, et pourtant
ne dit pas un mot qui n'éclaire la comtesse en lui
déchirant le cœur. Elle fait mille efforts pour
cacher sa jalousie; efforts bien superflus! Edouard
ne voit rien, ne remarque rien ; il voulait seulement parler de son voyage à Liettmankor; il en
parle: que lui faut-il de plus?

Que la journée lui parut longue! quelle mor-
telle nuit lui succéda! Enfin l'heure tant désirée
sonne; il est chez M. de Pétersen. La voiture se
fait attendre, mais Edouard n'attend plus rien ;
il voit Helmina, il est joyeux; Helmina aussi est
d'une gaieté qui l'étonnerait si elle pouvait réfléchir. On ne part pas, car mademoiselle de Pétersen croit toujours qu'il manque quelque chose
aux préparatifs; elle va, elle vient, elle pense au
dîner; elle oublie que le matin elle a fait partir
un domestique pour que tout fût prêt à son arrivée. Un dîner donné à Edouard est pour mademoiselle de Pétersen un véritable repas de noces.
Il faut qu'il s'aperçoive avec quels soins elle fait

les honneurs d'une maison; il faut qu'il sente la
différence qu'il y a entre elle et une jeune femme
étourdie. Enfin, on part. Rulsberg et Helmina
deviennent sérieux dès l'instant qu'ils sont en
voiture; à peine osent-ils se regarder; leurs yeux
se rencontrent si furtivement, qu'on croirait
qu'ils ne se cherchent que pour s'avertir d'être
prudents; et si on leur demandait: Pourquoi ce
sérieux? pourquoi cette contrainte? ils ne sau-
raient que répondre. On aperçoit le château; et
la joie, douce d'abord, devient bruyante à me-
sure qu'on approche. Pourquoi encore? Rulsberg et Helmina pensaient-ils qu'ils y trouve-
raient plus de liberté? Non: les amants ne pen-
sent pas, ils sentent.

On commence la visite du château en bon
ordre; c'est-à-dire, tous quatre ensemble. Mademoiselle de Pétersen est la première qui quitte
les rangs; des détails l'appelaient ailleurs. Le
bruit d'un fouet agité d'une main vigoureuse par
un postillon, annonce qu'une voiture entre dans
la cour, et M. de Pétersen, assez étonné, sort
afin de savoir qui ce peut être. Madame de Pé-

tersen s'assied pour attendre son époux, et Rulsberg prend un siége auprès d'elle. Le sujet de la
conversation n'était pas difficile à trouver; ils
s'étaient si bien entendus la veille en parlant du
château de Liettmankor! Mais, soit que la présence des objets rendit les sensations trop vives,
soit par toute autre cause (qui pourrait sonder
tous les replis du cœur?) Edouard et Helmina,
ne pouvant prononcer un mot sans attendrissement, gardent bientôt le silence; ils se regardent,
puis détournent la tête pour essuyer une larme à
la dérobée; la crainte que l'un avait que l'autre
ne s'en aperçût, fit positivement qu'ils s'en aper-
çurent tous les deux. Dans ce moment M. de Pétersen rentra, accompagné du comte et de la
comtesse de Mulhausen. Pour savoir l'effet que
cette visite fit sur elle, Helmina n'avait qu'à regarder la figure de Rulsberg, et lui pouvait, en
la regardant, se faire une juste idée de l'impression qu'il venait de recevoir.

La comtesse de Mulhausen étouffait de jalousie, et elle riait aux éclats de la folie qui lui était
passée par la tête. En s'éveillant (de la nuit le

sommeil n'avait approché ses paupières) , elle
avait conçu le projet de venir surprendre M. de
Pétersen à Liettmankor ; elle l'avait proposé à
son époux auquel il avait paru aussi séduisant
qu'à elle. Cependant elle serait au désespoir
d'avoir commis une indiscrétion, et elle pria madame de Pétersen de s'expliquer en toute liberté.
Madame de Pétersen protesta qu'elle ne pouvait
recevoir un plus grand plaisir: c'est l'usage; et
elle regardait Rulsberg pour l'encourager à dire
comme elle. Il fallut donc qu'il parlât aussi de la
satisfaction qu'il ressentait de l'arrivée de la comtesse. Il n'y eut que cette pauvre mademoiselle
de Pétersen qui ne cacha pas trop la contrariété
qu'elle éprouvait. Elle ne craignait point la riva-
lité d'une enfant comme Helmina ; mais la comtesse !..... « Partout où elle est, murmurait-elle
tout bas, il faut qu'on s'occupe d'elle, qu'on ne
s'occupe que d'elle ; cela n'est pas agréable pour
les autres. » Les autres, c'était mademoiselle de
Pétersen. Son frère et le comte furent les seuls
qui passèrent la journée agréablement ; le premier, parce qu'il put regarder sa terre comme

vendue, et bien vendue; le second, parce que
son épouse lui avait donné, le matin, l'idée qu'il
s'amuserait beaucoup. Le reste de la société fut
mal à l'aise ; et, pour comble de malheur, la
comtesse offrit si haut, si instamment, à Rulsberg, une place dans sa voiture pour revenir,
qu'il ne put refuser. Mademoiselle de Pétersen
était furieuse; Helmina n'était que triste. Elle
souffrait davantage.

On demandera peut-être ce qu'Edouard espérait en s'abandonnant à l'amour pour une femme
qui ne pouvait le rendre heureux sans trahir ses
devoirs. Cette question lui ayant été adressée par
un de ses amis, je transcrirai sa réponse. De pareils secrets ne peuvent être révélés que par un
amant.

« Je l'ai dit il y a longtemps : les gens qui rai-
sonnent sont le fléau des âmes sensibles ; je le
répète ; prends-le pour toi si tu veux, mon ami ;
mais ne t'imagine pas que je réponde à toutes les
questions, parce qu'il t'a pris fantaisie de m'en
faire. Je t'écris pour parler d'Helmina, et toi,
qui te permets de blâmer mon amour, tu devrais

le bénir, puisque tu lui dois des lettres si longues, si détaillées, tandis qu'autrefois tu te plaignais d'attendre, des mois entiers, le billet le plus insignifiant. Tu vois bien que l'amour n'est pas inutile à l'amitié.

» Tu me demandes si, en achetant la terre de Liettmankor, j'ai formé le projet de me fixer éternellement à Sleswick. Je faisais des projets lorsque l'existence m'était pénible; depuis que je vis de toutes les facultés de mon âme, je rêve bien encore quelquefois ; mais c'est toujours sans dessein arrêté. Si madame de Pétersen quittait Sleswick, jamais je n'y rentrerais ; si je pouvais habiter le lieu qu'elle habiterait, je m'y fixerais ; si je ne pouvais qu'en approcher, j'en approcherais; sinon je m'ensevelirais à Liettmankor, car c'est là, là seulement, que je suis heureux quand je ne la vois pas, et je la vois rarement!

» Tu me demandes ce que j'espère. Pauvre malheureux, qui crois que j'ai besoin d'espérer! Je ne puis faire qu'Helmina n'ait point été sacrifiée par son père; si elle avait un époux digne d'elle, j'en jure sur mon honneur, je ne dési-

rerais rien que d'entendre quelquefois parler de
son bonheur. Mais penser à la séduire! je ne
voudrais seulement pas recevoir de sa bouche
l'aveu de son amour. Elle m'aime comme je
l'aime, pour la vie et sans partage; je ne le lui
dirai jamais, pour qu'elle ose me le prouver toujours. Si je l'avertissais, Helmina ne serait plus
que madame de Pétersen, et, près de moi, je ne
veux pas que cette idée l'occupe; elle me rend
trop triste quand involontairement j'y pense moi-
même. Je ne me pardonnerais pas, si elle avait
une sensation douloureuse qui lui vînt de moi;
je m'en voudrais, je croirais lui faire une infidé-
lité, si j'avais une seule pensée dont elle ne fût
pas l'objet. Réfléchis bien à ce que je te dis là, et
tu concevras peut-être ce qu'est l'amour, du
moins tel que je le ressens.

» Si mon âme avait été flétrie par la multiplicité des jouissances, je pourrais craindre de
perdre peu à peu le bonheur dont je jouis, en
voulant sans cesse y ajouter, mais rappelle-toi les
reproches que vous me faisiez tous autrefois :
vous m'accusiez d'indifférence, moi je calculais

vos plaisirs, et je sentais bien qu'ils ne me satis-
feraient pas. Pourrais-tu de même calculer les
miens? Pour me juger, il faut pouvoir me deviner, ne fût-ce que par la pensée; autrement,
nous ne nous entendrons jamais; nous parlons
une langue différente.

» Des jouissances? et je manque de temps
pour savourer à loisir toutes celles qui viennent
au-devant de moi! A Liettmankor, tout est
jouissance. Ce qu'Helmina a fait, je le conserve,
je l'entretiens; je craindrais de l'embellir. Le
vieux concierge m'apprend les changements
qu'elle méditait; lorsque je la vois, en présence
de son époux, de sa belle-sœur, devant tout le
monde, je lui parle de ces changements comme
d'une chose que je projette. Elle me regarde:
ah! mon ami, quel regard! qu'il contient d'a-
mour, de reconnaissance! En effet, peut-elle ne
pas m'avoir obligation de le ramener sans cesse à
ses jours de bonheur, au temps où elle était
l'heureuse Helmina? Peut-elle ne pas me savoir
gré d'embellir, d'après ses propres idées, le séjour qu'elle a rendu sacré en l'habitant, en y lais-

sant un souvenir si pur de ses vertus, de sa bienfaisance ? C'est à Liettmankor qu'on parle
d'Helmina comme mon cœur m'en parle sans
cesse. Je te laisse à penser si elle approuve les
changements que je médite; quelquefois elle y
ajoute, elle les modifie par ses conseils, et lorsque j'exécute les plans arrêtés par elle, crois-tu
qu'il me faille encore des jouissances ; je lie le
passé au présent, je lie le présent à l'avenir.
L'avenir est si grand! Oh! comme mon existence est pleine depuis que je l'ai vouée à
Helmina !

» Des jouissances! il faudrait un volume pour
détailler celles de chaque jour, de chaque
instant. Lis ce que je vais te confier; tu com-
prendras cela, toi; ce n'est pas du bonheur comme vous le désirez; mais enfin il se rapproche
de vos idées : tous les hommes peuvent le concevoir.

» Il y a quelques jours nous avons eu un bal ;
on savait d'avance que tout le monde y viendrait
masqué ; j'avais appris de mademoiselle de Pétersen qu'Helmina y serait ; il ne tenait qu'à moi

d'être instruit· également du déguisement sous
lequel elle se cacherait. Mademoiselle de Pétersen parle tant que je veux, et c'est par elle
que j'arrive jusqu'aux plus petits détails sur la vie
d'Helmina ; ces détails sont souvent bien tristes,
mais enfin j'en suis avide. Quand je la vois, du
moins je suis instruit de la situation de son âme,
et je peux éviter tout entretien, le moindre mot
qui la lui rapellerait. On est si souvent barbare
dans le monde par ignorance ! on fait quelquefois tant de mal sans le savoir! De tout temps,
cette réflexion m'a rendu taciturne, lorsque je
rencontrais de ces figures qui n'annoncent que
trop visiblement une âme facile à émouvoir. On
sent que la gaîté leur serait à charge ; on sent
qu'elles se révolteraient d'une compassion déplacée. Rien n'est fier comme la douleur qui se
cache.

» Je reviens. J'ai tant fait que mademoiselle de
Pétersen, qui mettait assez de discrétion pour
son compte et qui paraissait n'en vouloir que
pour elle, n'a pu parvenir à m'apprendre le déguisement choisi par sa belle-sœur. Je me faisais

un plaisir de la reconnaître. En effet, j'étais en domino, parcourant les salles, et ne m'arrêtant pas malgré les attaques réitérées d'une Calypso, que je crois être madame de Mulhausen, lorsque je vis entrer deux femmes ; l'une dans le costume sous lequel on peint Diane, l'autre sous le simple et charmant habit des paysannes du Holstein, de cet habit qui m'est devenu si familier depuis que j'habite Liettmankor. Eh bien ! mon ami, pouvais-je m'y tromper? A qui ce déguisement était-il dédié ? Peut-elle ignorer que je sais que son père aimait à la voir sous cet habit qui donne tant d'avantages à sa taille, et lui permet de montre un pied, une jambe, désespoir de la comtesse de Mulhausen qui, sans Helmina, n'aurait point à cet égard de rivale dans le monde entier ? Diane, c'était incontestablement mademoiselle de Pétersen.

» Je les suivis ; il y avait foule, et j'espérais qu'elles seraient séparées ; je ne me trompai pas. A l'inquiétude seule qui parut dans toute l'attitude d'Helmina lorsqu'elle se vit loin de sa société, j'aurais encore juré que c'était elle, si j'avais pu

conserver le moindre doute. Je l'abordai, elle
voulait m'éviter ; je cessai de déguiser ma voix,
elle s'arrêta. Elle accepta mon bras ; mais je vis
qu'elle était bien aise de me faire croire qu'elle
ne me reconnaissait pas, et je trouvai du plaisir à
la seconder. Puisqu'elle ne me reconnaissait pas,
je pouvais aussi ne pas la reconnaître ; et je dis à
la paysanne de Liettmankor mille choses que je
n'aurais jamais dites à Helmina, et que pour la
vie, même en plaisantant, je ne voudrais adresser
à d'autres. Il est certain qu'elle seule pouvait les
comprendre ; elle y répondit d'abord en continuant à déguiser sa voix, et bientôt après du
ton le plus naturel. On eût dit que nous étions
d'accord pour prétendre que nous nous faisions
illusion, pour ne nous en faire aucune, pour parler en toute liberté, et pour paraître n'en rien
croire. C'est une singulière chose que le masque !
Elle aperçut sa société, et me quitta, toujours en
m'assurant qu'elle ne m'avait pas reconnu.

» Je la perdis de vue, je la retrouvai, je la
perdis encore, et même assez longtemps pour
être inquiet. Je craignais..... que sais-je ? il est

certain que je n'étais pas tranquille; je sentais
que je ne rencontrerais peut-être jamais une pareille occasion; je lui en voulais de m'avoir quitté
sans être convenue qu'elle était bien persuadée
que c'était à moi, à moi seul qu'elle avait répon-
du; car, de cet aveu, il résultait nécessairement
que nous nous entendions, et pour la vie. Je
parcourais les salles avec assez de vitesse,
lorsque je la vis accourir dans la plus grande
agitation. Elle se jeta dans mes bras, en arra-
chant les cordons de son masque, et en criant:
Monsieur de Rulsberg, défendez-moi! Dieu! qu'elle
était belle! Je te dis cela parce ce fut ma première pensée en la serrant contre mon cœur.

» Deux hommes en domino la suivaient, et parurent interdits aussitôt qu'ils la virent démasquée.
« Pardon, madame, lui dirent-ils tous deux; on
» nous avait trompés. Jamais il n'est entré dans
» notre intention d'insulter madame de Péter-
» sen. » J'étais furieux, je tremblais; Helmina
s'en aperçut, et s'empressa de répondre: « J'en
» suis persuadée, messieurs; mais on s'assemble:
» retirez-vous, évitez tout ce qui fixerait les re-

» gards sur moi. » Les deux masques disparurent; et Helmina, m'entraînant par la main, me pria de la ramener auprès de son mari et de sa belle-sœur. En les cherchant, elle me recommanda de ne point parler de cette scène à M. de Pétersen; je le lui promis, sans approfondir ses raisons: je ne pensais plus qu'à une seule chose, c'est qu'elle m'avait d'abord reconnu, et qu'il fallait qu'elle m'eût bien remarqué, pour oser se jeter dans les bras d'un homme masqué comme tant d'autres, en lui criant: *Monsieur de Rulsberg, défendez-moi!* Je vivrais mille ans que ces mots retentiraient encore à mon oreille: je les entends, en t'écrivant; je les entends, je les répéte cent fois par jour; je me réveille en sursaut à la voix d'Helmina, qui me crie : *Monsieur de Rulsberg, défendez-moi!* Dieu! qu'elle était belle! Ah! que jamais, jamais elle ne me parle de son amour; elle affaiblirait l'idée que je m'en fais.

» Le reste de cette nuit-là, je l'ai passée à Sleswick où j'ai pris un pied à terre, ne pouvant pas m'établir pour toujours à l'hôtel de Mulhausen. D'ailleurs, j'aime ma liberté; on ne pense bien

que loin du monde. J'ai été voir mademoiselle de
Pétersen, pour apprendre indirectement si Helmina se ressentait de l'émotion qu'elle a éprouvée: elle se portait bien, très-bien, et je suis
revenu à Liettmankor.

» Conçois-tu mes jouissances à présent? sais-
tu pour combien de temps ce bal m'a donné
d'occupations délicieuses? J'ai commencé le portrait en pied d'Helmina, tel qu'il était lorsqu'elle
vint se jeter dans mes bras. Le dernier terme de
l'art est de peindre celle que l'on aime, et d'être
content de son ouvrage : peut-être recommen-
cerai-je vingt fois; mais je réussirai, j'en suis sûr.
Je la vois bien: c'est son attitude, sa physionomie, son costume, le masque qu'elle arrache; il
faut que sa figure exprime à la fois la crainte et
la confiance; il faut que les émotions se combat-
tent, et qu'une seule domine. Je le répète, je vois
tout cela; je ne vois que cela. Je fais travailler à la
chambre qu'elle occupait ici il y a un an : elle
sera décorée sur un plan que je conçois à ravir;
j'y placerai son portrait, et, là, je viendrai goûter un bonheur ignoré de tout le monde, et peut-

être aussi de toi-même à qui seul je le confie.

» Adieu, mon ami ; ne pense à moi que pour te dire : Quel que soit désormais le sort de Rulsberg, il ne mourra point sans avoir connu le prix de la vie. »

Tandis qu'Edouard et Helmina s'abandonnaient innocemment au penchant qui les entraînait, l'affreuse jalousie amassait sur leur tête un orage qui devait les écraser. La comtesse de Mulhausen ne pardonnait pas à Edouard d'avoir méprisé son amour ; et le jour qu'il quitta son hôtel, elle jura la perte de sa rivale. Habile dans l'art de feindre, elle préparait de loin sa vengeance : l'orage se formait peu à peu ; il approchait, il allait éclater, et nos malheureux amants ne s'en doutaient pas.

D'abord, le bruit se répandit dans Sleswick que M. de Rulsberg était amoureux de madame de Pétersen, et qu'il n'avait acheté la terre de Liettmankor que pour y vivre au milieu de tout ce qui lui rappelait sa maîtresse : cela était vrai ; mais la comtesse de Mulhausen seule avait pu le deviner ; seule elle en avait jeté le premier soupçon. Bientôt on ne s'entretint plus que de cela

dans toutes les sociétés, et chaque jour la calomnie bâtissait hardiment sur ce fond si léger; on
en parlait partout, excepté chez madame de Mulhausen qui ne permettait pas, disait-elle, qu'on
accusât devant elle l'innocente Helmina, ou qui
la défendait avec cette apparente chaleur qui
semble bien plus réclamer l'indulgence qu'annoncer la conviction; perfidie qui n'est pas nouvelle, et réussira toujours.

C'était elle qui avait fait insulter Helmina au
bal, en la désignant à quelques jeunes gens comme une femme perdue de mœurs, et qui n'aurait
pas dû être admise dans cette assemblée. Lorsque ces étourdis vinrent lui apprendre ce qui
s'était passé, elle joua l'étonnement, et leur recommanda la plus grande discrétion sur ce
qu'elle appelait son erreur; ils en sentaient le
besoin autant qu'elle-même. Mais, dès le lendemain, il courut dans tout Sleswick une histoire
dont les détails variaient suivant les conteurs, et
qui pourtant, toujours la même dans le point
principal, présentait madame de Pétersen dans
les bras de Rulsberg, bravant les conseils que

quelques amis lui donnaient sous le masque, ce qui avait manqué susciter une querelle sérieuse et même déshonorante pour celle qui en était l'objet. Au bal même, madame de Mulhausen, sous l'habit de Calypso, avait plaisanté M. de Pétersen sur son épouse, en lui faisant entendre qu'elle ne s'éloignait pas de lui sans motif, et qu'il était le seul qui ignorât la cause de ses longues absences. Aussi, lorsque Rulsberg vint la ramener à son époux, s'il eût été moins occupé de ses propres pensées, il aurait pu s'apercevoir avec quelle mauvaise grâce on le remerciait de son attention. Qui ne connaît les terribles effets de la calomnie? En moins de quinze jours, madame de Pétersen remarqua, avec étonnement, que son mari la traitait avec mépris; jusque-là, il ne lui avait montré qu'une sévérité souvent cruelle, qui laisse du moins la fierté pour consolatrice; elle remarqua également que, dans la société, elle n'était plus accueillie avec intérêt, et défendue des attaques de quelques-uns par le respect de tous; la légèreté avec laquelle les jeunes gens lui parlaient commença par la surprendre, et finit par l'affliger, comme si elle l'eût méritée. Quand le crime peut se venger de la vertu qui le condamne, c'est presque toujours avec une barbarie qui ne laisse point de refuge. Helmina, la malheureuse Helmina en fit une épreuve bien cruelle!

Mais ce n'était point assez de souffrir des coups que la jalousie lui portait dans l'ombre, il fallut qu'elle succombât par l'extravagance d'une femme qui ne lui avait jamais voulu que du bien. M. de Pétersen ayant fait défendre sa porte à Rulsberg, mademoiselle de Pétersen se révolta contre cette tyrannie; des querelles s'ensuivirent entre son frère et elle, et elle finit par le quitter avec éclat. Elle devint la risée de Sleswick, car on sut qu'elle ne prenait sa maison que dans l'espérance de voir Edouard, de l'épouser, et on ne manqua pas d'ajouter qu'elle était dupe de sa belle-sœur qui l'entretenait dans sa folle passion pour recevoir plus librement son séducteur.

M. de Pétersen, encore plus animé par l'intérêt (il comptait sur la succession de sa sœur, qui, de son côté, avait plus d'une fois calculé celle de

15

son frère), M. de Pétersen accusa son épouse
d'une rupture dont elle était si innocente, qu'elle
aurait voulu prévenir, qu'elle ne put empêcher,
et les scènes les plus violentes furent la suite de
cette accusation. Rulsberg fut instruit de tous
ces détails par la voix publique; l'infortuné n'a-
vait plus un seul instant de repos. Que faire? que
dire? Se taire, c'était accréditer des bruits qui
avaient déjà pris trop de consistance; les démen-
tir de sang-froid, cela n'était pas possible; les
repousser avec chaleur, c'était les confirmer en
avouant l'intérêt qu'il y prenait. Malheureux
Rulsberg! faut-il donc que tu abandonnes Helmina aux chagrins sous lesquels elle succombe?
tu la vois descendre au tombeau et tu ne peux
rien pour la secourir! Affreuse situation! les jours
s'écoulent, le mal augmente. Rulsberg! Rulsberg!
Helmina meurt, et c'est toi qui la tues. Pour être
plus tôt instruit de mille choses qui augmentent
ton supplice, tu ne quittes plus Sleswick, et ton
séjour à la ville est un nouveau crime dont tout
le poids retombe sur madame de Pétersen. Fuis,
ton absence est un devoir, peut-être apaisera-

t-elle ceux que n'a pu adoucir tant d'innocence et de vertu.

Rulsberg fuira. Est-il un sacrifice qu'il ne soit prêt à faire au repos d'Helmina? mais celui-ci est le plus grand de tous; si elle l'ordonnait encore, le plaisir de lui obéir adoucirait la douleur de la quitter. Il s'agite, il réfléchit, il écrit vingt lettres, et les déchire; enfin il s'arrête au billet suivant:

« Si vous me renvoyez la bague que contient ce papier, je croirai que vous ne m'avez jamais entendu; si je reçois de vous un anneau en échange, vous m'aurez dit: Pars, Rulsberg: nos pensées furent les mêmes, et notre sort pareil! »

Madame de Pétersen n'avait pu supporter les affronts, les chagrins, les mauvais traitements dont on l'avait si cruellement accablée depuis un mois; elle languissait, sans pouvoir même se vanter d'être malade; car les hommes n'admettent point les maladies de l'âme: si peu les devinent! Les calomnies dont elle était victime lui avaient révélé le secret de son amour; elle l'ignorait, et cette découverte lui fit d'abord un mal affreux; mais

l'injustice qui l'entourait ne lui laissa que cet
amour pour consolation; et puisqu'elle était
condamnée à souffrir, souffrir pour Rulsberg
c'était justifier et braver le malheur. Pauvre
innocente! il n'est rien que le désespoir ne puisse
corrompre; et qui te jugerait avec sévérité, ne
connut jamais l'excès du malheur. Une pensée
qu'on repousse n'est pas un crime: tu souhaitais
qu'Edouard s'éloignât; et lorsque tu reçus son
billet, tu ne balanças pas sur l'ordre qu'il attendait de toi. Accepter un gage de sa tendresse....
ou lui refuser le prix de son dévouement.... non,
ce ne fut pas un présent de l'amour; et l'infortunée, en détachant un anneau qu'elle tenait de
sa mère, un anneau qu'elle n'avait jamais quitté,
ne crut qu'exécuter elle-même une volonté dont,
après sa mort, personne ne se serait chargé.
Edouard le reçut avec un frémissement prolongé:
son âme, en ce moment, semblait lui dévoiler
l'avenir.

Trop faible pour cacher sa douleur, il se rend
auprès de madame de Mulhausen, dont il ignore
la conduite. En quittant Sleswick, il veut pren-

dre congé d'elle, il veut assurer une correspondance qui lui laisse du moins l'espoir d'avoir
quelquefois des nouvelles d'Helmina. Cette femme
cruelle jouit, à loisir, d'un désespoir qui est son
ouvrage; sous le masque de l'amitié, elle enfonce
et retourne le poignard dans le cœur de celui
qui lui demandait des consolations; elle le plaint
pour mieux le tourmenter; elle appesantit les
détails pour mieux savourer sa vengeance. Le
malheureux Rulsberg n'avait pas la force de se
soustraire à l'empire qu'elle exerçait sur lui; il
jouissait lui-même des souffrances qu'elle mul-
tipliait; il la quitta, croyant avoir justifié madame de Pétersen, et ne se doutant pas qu'il avait
confié à sa rivale ses secrets les plus intimes,
celui du portrait d'Helmina, et celui, plus cher
encore, de l'anneau accordé en échange. Il partit
dans la nuit, et le lendemain il arriva à Altona,
où il avait décidé de fixer son séjour.

Tant de sacrifices apaiseront-ils la jalousie?
arrêteront-ils la calomnie, si prompte lorsqu'elle
marche, si lente lorsqu'elle essaie de reculer?
Non, le départ même d'Edouard fut présenté

comme la preuve du crime de madame de Pétersen, et elle put apprendre de son mari, qui le lui
répéta avec toute l'indignation d'un époux qui
se croit offensé, qu'on disait partout que Rulsberg l'abandonnait après l'avoir déshonorée. C'en
était trop ; Helmina fut enfin malade aux yeux
de tout le monde, et, sur sa prière, autant que
pour se soustraire lui-même au ridicule, M. de
Pétersen la conduisit dans une terre qu'il possédait à dix lieues de Sleswick. Elle y languit
quelque temps, et mourut n'ayant eu que Dieu
et Edouard pour témoins de son innocence.

Madame de Mulhausen, moins tourmentée
depuis le départ de Rulsberg, le maîtrisait par sa
correspondance ; et l'espoir d'être aimée un jour
était rentré dans son âme. Elle l'avait instruit du
départ de madame de Pétersen, et, sans adoucir
le chagrin qu'elle savait bien que lui donnerait
cette nouvelle, elle eut l'art d'y paraître si sensible, que Rulsberg lui en sut gré. Il lui répondit
avec l'accent que l'amour malheureux prend si
aisément avec l'amitié qui console, et la comtesse
s'enivrait de chaque expression tendre qu'il lui

adressait. Ivre d'espérances qui ne reposaient
que sur ses désirs, lorsqu'elle apprit la mort d'Helmina, elle se fit conseiller par son époux de se
rendre à Altona, afin d'adoucir le coup que cette
terrible nouvelle porterait au malheureux Rulsberg.

Elle arrive; il l'aperçoit, frissonne, la regarde
et n'ose l'interroger. Frappée du changement
opéré en lui depuis son absence, et de l'agitation
qu'il éprouvait en la voyant, la comtesse fond en
larmes: elle veut le préparer à la triste confidence
qu'elle vient lui faire ; mais Edouard rassemblant
toutes ses forces, lui crie: « Un seul mot: Helmina vit-elle encore ?—Non, » répond faiblement
madame de Mulhausen. Edouard l'avait entendu: il garde un morne silence, et sourit amèrement aux consolations qu'elle veut lui donner.
Avec un sang-froid, qui n'est que le dernier effort
du désespoir, il ordonne les apprêts de son départ. « L'amitié excuse tout, dit-il à la comtesse;
» laissez-moi mon courage ; votre présence l'affai-
» blit, un mot peut le briser. Si je puis encore
» soutenir l'existence, ce n'est qu'à Liettmankor;

» si je dois mourir, que ce soit du moins au
» milieu de tout ce qui me la rappelle. » Et il se
jette dans sa voiture, en se cachant la tête pour
ne rien entendre, et pour fuir le jour qui le
blessait.

La comtesse reste anéantie. Quelle humiliation ! quel prix de sa démarche ! Elle oubliait
qu'elle n'avait agi que pour elle, et que, mieux
instruit, Rulsberg peut-être aurait à la fois vengé
madame de Pétersen, et terminé une existence
qui ne pouvait plus que lui être à charge. Il
arriva à Liettmankor brûlé d'une fièvre dévo-
rante ; il y trouva des larmes versées sur la mort
d'Helmina ; la siennes coulèrent, il fut moins
malheureux. On a pu remarquer combien son
imagination était ardente ; il parvint à se composer une illusion qu'il est impossible de définir.
Confondant la vie et l'éternité, les souvenirs avec
les espérances, il ne s'avouait pas, il ne se dissi-
mulait pas qu'il ne verrait plus Helmina ; mais il
pensait toujours qu'ils se rejoindraient dans un
temps qui, n'ayant pas de divisions, ne peut se
calculer. Pour lui, c'était toujours la vie ou ce

qui est au delà, sans que ses idées pussent un seul instant s'arrêter sur ce passage terrible qu'on appelle la mort.

La fin déplorable de madame de Pétersen ne fut pas plus tôt connue à Sleswick, que tout le monde s'accorda pour faire son éloge. On se rappelait sa piété filiale, sa résignation aux volontés altières de son époux, sa bienfaisance, sa douceur; on ne voyait plus en elle qu'une victime des préventions, et ceux qui la jugeaient le plus sévèrement avouaient qu'un amour, auquel on sacrifie son existence plutôt que sa vertu, est digne de pitié et non de blâme. Il se forma une opinion telle, que personne ne crut manquer aux bienséances en se présentant chez M. de Rulsberg pour lui offrir des témoignages d'estime, et lui faire entendre les accents du plus vif intérêt. Mais, retiré à Liettmankor, il ne voulait voir personne; il méprisait ce public léger qui assassine, et pleure ensuite sur ses victimes; il ne croyait pas aux consolations; il n'en cherchait pas. Sa douleur était tout ce qui lui restait d'Helmina; il eût craint de la perdre.

Madame de Mulhausen, tour à tour agitée par l'amour, la fureur, l'espoir et le découragement, vivait solitaire chez elle; elle changeait sensiblement; et si le désir de conserver sa beauté la ramenait, par inquiétude, aux soins de sa toilette, elle pleurait de rage en voyant les traces du chagrin et l'horreur des remords imprimés dans tous ses traits. Une seule fois, elle employa toutes les ressources de l'art, et put encore sourire en se considérant. Elle partait pour Liettmankor; elle avait écrit la veille à Rulsberg, comptant sur une exception en sa faveur. Elle arrive; le vieux concierge lui dit que son maître a, le matin même, renouvelé l'ordre de ne laisser entrer personne; elle revient, la mort dans l'âme, et méditant de nouveaux forfaits, sans penser sans doute qu'il lui était impossible d'ajouter à ceux que la jalousie lui avait inspirés. Que peut-on, en effet, contre une rivale déjà la proie de la destruction, et contre les souvenirs d'un amour qui survit même à l'espérance?

Il y avait six mois qu'Edouard vivait dans un état impossible à décrire, lorsqu'il reçut un billet dont l'écriture le frappa, parce qu'elle lui était inconnue. Il l'ouvrit et le lut. C'était pour lui un grand effort. Voici ce qu'il y trouva :

« Depuis la mort de madame de Pétersen, dont
» personne n'a été témoin, son époux n'a point
» reparu à Sleswick. Il voyage ; on le dit parti
» pour la France ; tout cela est-il vrai ? L'hon-
» neur d'un mari qui se croit offensé est souvent
» plus ingénieux que terrible dans ses vengeances.
» Il en est mille exemples : réfléchissez. »

Pour avoir une juste idée de l'effet que ce billet produisit sur le malheureux Rulsberg, il faudrait pouvoir compter toutes ses pensées depuis qu'il pleurait la perte d'Helmina ; et qui oserait tenter de saisir les rêves de cette imagination brûlante, qui ne repoussait le désespoir qu'en se plaisant à confondre, à brouiller toutes ses sensations ? Helmina n'était pas morte, elle vivait en lui, autour de lui à Liettmankor ; Helmina n'était plus dans ce monde, mais Rulsberg lui-même ne vivait que du passé et d'un avenir obscur dans lequel son esprit s'égarait. Ce billet le jeta dans une agitation d'autant plus cruelle, qu'elle était sans but avoué; il l'oubliait, il y pensait, il souffrait, et passait chaque minute dans l'attente du moment suivant : qu'attendait-il? lui-même ne le savait plus.

Huit jours après, il reçut, de la même main, un billet qui ne contenait que ces mots :

« On pense à vous sans cesse; on suit, on
» observe, on s'informe. Il est faux que M. de
» Pétersen soit parti pour la France. Tout se
» découvrira. Du courage, et laissez-vous con-
» duire. Ne quittez pas Liettmankor; en agissant,
» vous perdriez tout. »

Cet avis vint à temps, car Rulsberg avait fait prendre des renseignements sur le séjour où, disait-on, madame de Pétersen était morte (il n'en était plus convaincu), et il se préparait à s'y rendre, sous l'habit d'un paysan, à gagner le concierge au prix de sa fortune, s'il le fallait; à s'introduire dans le château; à prendre les informations les plus détaillées et les plus douloureuses. La tombe même d'Helmina n'eût pas été sacrée pour lui; il se sentait le courage d'y descendre chercher une certitude, moins pénible

peut-être que l'état affreux dans lequel il vivait
depuis que les habitudes formées dans sa douleur
étaient à jamais rompues. Quel état, en effet! Il
parcourait le parc de Liettmankor le jour et la
nuit; sa poitrine se gonflait, il poussait des cris
qui ne le soulageaient pas, et dont il frémissait
lui-même ; accablé de lassitude, il tombait sur la
terre, et, pressant fortement sa tête dans ses
mains, il cherchait vainement à rassembler ses
idées; il sentait ses vaisseaux prêts à se rompre ;
il sentait qu'une commotion encore, et sa raison
ne lui appartenait plus. Les soins de ses gens le
fatiguaient; la présence même du vieux concierge
qu'il aimait tant lui était à charge ; il ne lui parlait
plus que pour lui demander s'il était arrivé un
nouveau billet.

Huit jours encore s'écoulèrent, et il en reçut
un ; le voici :

« Du courage ; venez demain à Sleswick ; ne
» vous montrez à personne. Prenez le même
» déguisement que vous portâtes à un bal qui n'a
» pu sortir de votre mémoire. Avec la carte
» ci-jointe, vous entrerez. Observez, soyez discret.

» Point d'autres préparatifs, on a pourvu à
» tout. »

Que mon sort s'accomplisse! s'écria Rulsberg,
et il chargea avec le plus grand sang-froid un
pistolet qu'il voulait porter avec lui. Ce fut son
unique pensée. Il passa la journée avec impatience, et cependant avec plus de calme qu'il
n'avait espéré. Il s'enferma la nuit entière dans
la chambre où était le portrait d'Helmina; c'était
la première fois que cela lui arrivait. Il le con-
templa avec ivresse. Jamais cette figure céleste ne
lui avait fait une impression aussi vive; cet habit
choisi pour lui plaire, ce masque arraché pour
exciter sa pitié en réclamant son appui; l'anneau
qu'il portait à son doigt, cet anneau si précieux
que l'amour lui avait donné pour consolation;
l'espoir indéfini qu'il caressait et repoussait, tout
contribua à balancer doucement son imagination;
il crut voir Helmina lui sourire, et céda sans effort
au sommeil qui, depuis si longtemps, avait fui
ses paupières. Dors, malheureux !

L'heure du départ approche. Rulsberg l'avait
calculé de manière à arriver au bal sans des-

cendre au pied à terre qu'il avait à Sleswick.
Ordonnant à ses gens d'aller l'attendre chez lui,
il passe son domino, met son masque, et entre
dans les salles. Il marche avec inquiétude, mais
lentement. Cette scène lui rappelle un jour
de bonheur, et des larmes s'échappent de ses
yeux. Son abattement était tel, qu'il ne savait
plus que confusément pourquoi il était venu là.
Appuyé contre une colonne, il s'abandonnait au
vague de ses rêveries, quand une femme.....
C'est la taille d'Helmina, c'est ce pied délicat,
cette jambe qui fuit l'œil et le conduit, c'est cet
habit séduisant sous lequel cette nuit encore il
la contemplait. Ses genoux fléchissent, tout son
corps frémit; il veut marcher, le défaut de forces
le retient; il la suit des yeux; on s'agite devant
lui, il la perd de vue; il essaie encore d'avancer; vains efforts! Cette femme reparaît, il la
regarde encore, il ne doute plus. Il la voit jetant
de côté et d'autre des regards qui annoncent
qu'elle cherche, attend, désire quelqu'un. Il approche, il la suit; elle s'en aperçoit, s'arrête: tous
deux se contemplent, et Rulsberg, par un mou-

vement involontaire, présente un bras agité, auquel s'unit un bras plus tremblant encore. On
les pousse, on les heurte, ils ne sentent rien; ils
sont là. Des soupirs forment leur langage; Rulsberg enfin laisse échapper le nom si doux d'Helmina, et le bras que le sien soutenait, le serre
avec un mouvement convulsif.

Il l'entraîne avec précipitation. Une salle était
déserte, ce n'était qu'un passage. Rulsberg tombe
sur un canapé, sans quitter le bras qu'on lui
avait abandonné. Assis près l'un de l'autre, ils se
contemplent encore. Rûlsberg fait entendre des
sanglots étouffés; une sueur froide coule de son
front, se mêle à ses larmes; l'agitation qu'il
éprouve paraît visiblement à travers la cire qui
se fond, éclate, brouille les couleurs de son
masque qui se colle et se modèle sur sa figure.
Il parle, tout est désordre dans ses expressions; il
supplie celle qui l'écoute de lui adresser un mot,
un seul mot. Sans lui répondre, elle tire son gant,
et levant deux doigts qu'elle frappe à plusieurs
reprises sur sa bouche, elle indique qu'il lui est
impossible d'articuler un mot. Cet avertissement

est à peine compris par Edouard; il a vu la bague qu'il envoya à Helmina la veille de son départ, et ses idées ont pris une activité qu'il ne lui est plus possible de maîtriser. Il se tord les mains, il implore, il rit; sa joie est déchirante; il va succomber sous le poids des sensations qui l'oppressent. Sa compagne se lève, et lui fait signe de le suivre. Il obéit, elle court, et l'impatient Rulsberg la presse encore. Ils arrivent dans un cabinet faiblement éclairé; ils sont seuls. Edouard se jette à ses genoux; tout ce que la passion peut inspirer, il le dit; il s'écrie: « Grâce! grâce! ne prolongez » pas mon supplice; montrez-moi vos traits; la » figure d'Helmina peut seule arrêter ma raison » prête à fuir pour jamais. » Un mouvement lui annonce qu'il est exaucé. D'une main incertaine et tremblante, cette femme saisit les cordons de son masque. Elle hésite, elle s'arrête; Edouard la conjure par un geste dans lequel le reste de ses forces s'épuise, le masque glisse; il voit sur un corps plein de grâces..... sur un col qui respirait..... une tête de mort. Epouvanté, il recule, il crie; le spectre s'avance pour lui imposer

16

silence; il se débat, il crie plus fort encore; en s'agitant, sa main se porte sur le pistolet qu'il avait pris avec lui, il l'arme, le dirige contre son front; le spectre veut détourner le coup; l'arme part; Edouard entend la détonation, et tombe sans connaissance.

Ses cris, le bruit d'une arme à feu avaient jeté l'alarme; de toutes parts on accourt, on se précipite. Quel spectacle! un homme renversé, sans le moindre mouvement! On détache son masque, on reconnaît M. de Rulsberg. Tout près de lui, une femme noyée dans son sang, dont la hideuse figure glace d'épouvante, et ne laisse à personne le courage d'approcher! Tous les yeux se fixent sur elle; elle gémit, elle se roule; et rapprochant sans cesse ses mains des ossements qui paraissent avoir été autrefois animés, elle parvient enfin à les briser. C'était un double masque travaillé avec art, et qui, se déchirant, laisse voir la comtesse de Mulhausen dans les convulsions de la mort; le pistolet l'avait atteinte. Son époux se trouvait parmi les spectateurs; on lui abandonne le soin de la faire transporter à son hôtel, et cha-

cun s'empresse à secourir M. de Rulsberg. Il
reprend ses sens; mais, hélas! le coup était porté,
il ne retrouve plus sa raison.

Avant de mourir, la comtesse de Mulhausen
s'accusa des malheurs de madame de Pétersen.
Dévorée d'amour, elle n'avait jamais cessé d'espérer; atterrée par les mépris d'Edouard, elle pensait encore qu'elle le fléchirait, si elle parvenait
à le séparer du souvenir d'Helmina. S'étant rendue à Liettmankor pendant l'absence du propriétaire, elle y avait vu le portrait de sa rivale, et
avait juré de briser le charme que son amant
trouvait à le contempler. Elle enviait à la mort
jusqu'aux pleurs amers qu'elle fait répandre. Elle
écrivit à M. de Pétersen pour lui redemander, au
nom d'Edouard, l'anneau que sa malheureuse
épouse avait reçu de lui. Ce fut elle aussi qui fit
adresser à Rulsberg les billets qui lui donnèrent
une espérance toujours douloureuse, et qui le
disposèrent à se rendre au bal, où il devait subir
une épreuve que la plus infernale jalousie seule
avait pu méditer. La comtesse expira sans avoir
connu toute l'étendue de son affreux succès, en

horreur à tous autant qu'à elle-même, et n'osant espérer de la Divinité un pardon que son cœur lui refusait, dans un moment où toutes les les illusions se taisent devant la pensée de l'éternité.

On reconduisit à Liettmankor Edouard aussi faible de santé que de raison; il se ramina un peu en se retrouvant dans un lieu qui parlait encore à ses sens. Lorsqu'il revit le portrait d'Helmina, il fit signe de le voiler. Les jours suivants, il rassembla ses pinceaux, et quoique avec désordre, il parvint à représenter le seul fait dont il eût conservé la mémoire. C'était la taille de madame de Pétersen, son costume de paysanne du Holstein; c'était la même attitude; un masque aussi se détachait; mais au lieu d'une figure angélique, il peignit cette hideuse tête de mort qui le suivait partout, et tous les jours il venait méditer devant ce tableau. Si on avait pu le soupçonner de penser, on aurait cru qu'il cherchait à sonder les profondeurs de cet étonnant mystère.

Dans son égarement, ce n'était plus que par la

douceur de son âme que Rulsberg était encore
lui. Une seule femme prit assez d'empire sur ses
volontés pour le diriger, et cet femme fut mademoiselle de Pétersen. Soyons indulgents pour
les ridicules qui ne détruisent ni les vertus ni la
sensibilité. Elle voua à cet infortuné la tendresse d'une mère, et devint la providence qui le
garantit des malheurs qui suivent la perte de la
raison, et de la curiosité barbare de ceux pour qui
l'infortune même n'est souvent qu'un spectacle.

Deux années après cet événement, un étranger,
dont l'âme était forte et généreuse, gagna la
confiance de mademoiselle de Pétersen; il lui
proposa de tenter une expérience qui n'offrait
aucun danger, et ne pourrait même causer aucune contrariété à Rulsberg. Il avait réfléchi que
cet être intéressant tenait encore aux idées qu'il
combinait autrefois, puisqu'il était parvenu à
achever un tableau dont le désordre n'excluait pas
la vérité, et ajoutait peut-être à l'expression.
Rulsberg n'attachait plus de sens fixe aux paroles;
mais était-il impossible qu'il fût frappé par des
signes? et si on parvenait à lui rendre sensible le

mystère devant lequel sa raison avait succombé, ne pouvait-on pas espérer que les nuages qui l'offusquaient se dissiperaient avec l'impénétrabilité?

Un peintre eut ordre de représenter madame de Mulhausen au moment où, brisant son double masque, elle découvrit son visage aux spectateurs étonnés. Le tableau devait offrir, dans la plus grande vérité, et le cabinet où la scène s'était passée, et Rulsberg étendu sans connaissance. Il fut achevé, et placé dans la chambre où le malheureux revenait sans cesse contempler son dernier ouvrage. Il le vit, parut vivement frappé; l'étonnement se montra sur sa physionomie qui depuis si longtemps ne peignait plus rien. Il ne fit aucune question, ne donna aucun signe de contrariété; mais on s'aperçut que chaque jour il consacrait plus de temps à ce tableau qu'à celui qu'il avait fait lui-même. Cependant sa raison n'acquérait aucune amélioration sensible. L'étranger ne se rebuta pas; il réfléchit que, la scène représentée offrant une idée trop compliquée, il fallait la décomposer de toutes les manières imaginables. Chaque jour, Rulsberg trou-

vait, dans le cabinet où il se rendait régulièrement, un nouveau dessin ; il les examinait, les
comparait avec plus d'attention. Il y attachait
donc un souvenir. Là, madame de Mulhausen écrivait un billet, et ce billet, très-lisible, était le premier qui avait jeté dans l'âme de Rulsberg l'espérance terrible qu'Helmina n'était pas morte ; ici,
madame de Mulhausen écrivait le second billet ;
ici encore, madame de Mulhausen, et le dernier billet. Edouard portait toujours sur lui les
originaux ; il les compara, et sa main fortement
appuyée sur son front indiqua qu'on avait enfin
trouvé le premier point de rapprochement entre
l'absence et le retour possible de sa raison. Que
de soins, que de ménagements! Les dessins se
multiplièrent, et formèrent pour ainsi dire un
alphabet, dont on abandonnait à ce malheureux
les différentes combinaisons. Peu à peu on ha-
sarda d'écrire, au bas de chaque tableau, une
phrase courte, mais dans laquelle les mots *rivale*
et *jalousie* se trouvaient toujours. Edouard regardait.

L'étranger commanda plusieurs masques, tels

que madame de Mulhausen avait fait faire le sien;
le même ouvrier en fut chargé. L'épreuve était
délicate; mademoiselle de Pétersen osa s'en
charger. Un jour elle attendit Rulsberg dans un
bosquet où elle savait qu'il se rendait; il la trouva tenant quelque chose qui ressemblait à une
tête de mort; il frissonna. Mademoiselle de Pétersen, sans le regarder, continua de chanter un
air très-gai, et brisa le masque par petits morceaux. Rulsberg la contemplait. Elle se retira.
Seul, il prit un des morceaux épars sur l'herbe;
il l'examina, prit les autres, les examina de même,
et revint au château, en pétrissant entre ses doigts
le dernier qu'il avait ramassé. Quel motif d'espérance! Ce soir-là, il regarda le premier tableau
fait par le peintre, d'un air qui annonçait plus
de pénétration. On le laissa quelque temps sans
lui rien offrir de nouveau; mais un jour il trouva
dans son cabinet un masque semblable à celui
qu'il avait vu entre les mains de mademoiselle
de Pétersen; il n'en eut que peu d'effroi, et finit
par le briser, comme il avait remarqué qu'elle
brisait le sien.

Toujours guidée par l'étranger, mademoiselle
de Pétersen attendit Rulsberg dans le même bosquet où elle avait tenté sa première épreuve. Il
y vint; elle était assise, et jouait avec deux masques, dont l'un représentait toujours une tête de
mort, et l'autre n'était qu'un masque ordinaire.
Elle les posait sur sa robe, tantôt séparés, tantôt l'un sur l'autre, mais changeant l'ordre alternativement. Rulsberg la considérait; elle souriait,
il sourit aussi. Mademoiselle de Pétersen sentit
couler ses larmes; Rulsberg soupira, et essuya
les siennes. Elle n'osait pousser l'épreuve plus
loin; l'étranger, caché derrière le feuillage, l'en-
couragea. Elle recommença à jouer avec les
deux masques; Edouard sourit de nouveau. Elle
mit sur sa figure celui qui ne pouvait inspirer
aucun effroi, l'ôta, le remit; Edouard souriait
toujours. Elle prit l'autre, et l'approcha de son
visage, mais peu d'abord, et ayant soin de se
montrer de suite avec un air enjoué. Elle mit les
deux masques l'un sur l'autre, l'horrible dessous,
le posa ainsi sur sa figure, les ôta ensemble,
recommença, enleva le premier lentement, le

second avec la plus grande vivacité; enfin, elle saisit si bien l'imagination d'Edouard, qu'il la quitta sans avoir donné aucun signe de frayeur, mais dans un accablement difficile à se représenter.

Le lendemain, il garda le lit, ordonnant qu'on tînt ses rideaux fermés; il parla peu, mais répondit assez juste à quelques mots que lui adressait mademoiselle de Pétersen. Plusieurs jours se passèrent ainsi; il était d'une faiblesse extrême. Lorsqu'il se leva, il parut honteux des regards que ses gens attachaient sur lui. Sa bienfaitrice leur défendit de paraître, et se chargea seule de le servir. L'étranger avait recommandé qu'on ne dît rien à Rulsberg qui pût lui rappeler son égarement; il l'attendait avec inquiétude à la dernière de toutes les épreuves. Par son ordre, on avait enlevé du cabinet d'Edouard tous les dessins, tous les tableaux, excepté celui qui représentait Helmina lui criant: *Monsieur de Rulsberg, défendez-moi!* Lorsqu'il y vint, accompagné par mademoiselle de Pétersen, il remarqua ce changement, rougit et versa des larmes

en abondance. Il se rappela tout alors, et se tut ;
son amie imita son silence. Depuis cet instant
jusqu'à sa mort, qui n'arriva que dix ans après,
Rulsberg fut toujours triste ; mais sans posséder
une force d'esprit bien grande, il retrouva assez
de raison pour guider son cœur qui lui offrait
de douces distractions dans l'amitié, et dans
l'activité de la bienfaisance.

FIN DE LA JALOUSIE

L'HÉROÏSME
DES FEMMES

Il était minuit. Madame de Saint-Albe, la main droite appuyée sur une petite table placée près d'elle, tenait encore un livre dont elle avait essayé de s'occuper pendant quelques instants ; sa main gauche tombait négligemment contre le bras de son fauteuil, et ses yeux étaient fixés avec inquiétude sur la pendule qui ornait la cheminée. Une jeune personne, assise de l'autre côté, brodait en jetant à la dérobée des regards inquiets sur madame de Saint-Albe. Quelques soupirs étouffés troublaient seuls leur silence. Depuis un quart d'heure, Lucie cherchait un moyen d'engager la conversation, dans l'espoir de distraire la femme intéressante qui lui servait de mère ; mais, comme elle n'ignorait pas la cause de ses chagrins, elle craignait de dire un seul mot qui pût les lui rappeler ; peut-être craignait-elle encore plus d'y paraître trop sensible. Enfin elle s'arma de résolution, et prononça d'une voix tremblante : « Il n'est pas si tard que je croyais. » Madame de Saint-Albe ne l'entendit pas, ou parut ne pas l'entendre.

Quelques minutes après on frappa avec force à la porte de la rue. Lucie tressaillit : madame de Saint-Albe sonna, et dit au domestique : « Si c'est mon fils, dites-lui que je désire lui parler. » Le domestique revint annoncer que son maître n'était pas encore rentré. Lucie étouffa un soupir, et regarda madame de Saint-Albe. La voyant plus agitée, elle s'approcha d'elle, et, se plaçant sur un tabouret qui était à ses pieds, elle lui prit la main, qu'elle serra dans les siennes.

« Pourquoi vous affliger ? lui dit-elle ; mon cousin n'est-il pas maintenant dans l'âge où la société exige quelquefois au delà de ce qu'on voudrait lui accorder ? Croyez que s'il pouvait ne consulter que ses désirs, il serait auprès de vous. — Vous l'excusez, Lucie. — Moi ! madame, je

ne crois pas qu'il ait besoin que je l'excuse. —
Excellente enfant! que ne vous rend-il justice, il
me paierait de tout ce que j'ai fait pour lui. »
Lucie quitta la main de sa tante, et garda le
silence.

Par suite d'événements, devenus trop communs depuis la révolution pour qu'il soit besoin
de les détailler, elle avait perdu les auteurs de ses
jours et tous ses biens. Madame de Saint-Albe
l'avait accueillie comme la fille de sa sœur, et
son plus doux espoir était, en l'unissant à son
fils, de lui faire partager une fortune qu'elle
n'avait conservée qu'au risque de son existence,
Lucie n'ignorait point ce projet. Élevée avec le
jeune Saint-Albe, elle l'avait aimé comme un
frère jusqu'au jour où quelques mots qu'on ne
croyait pas qu'elle pût entendre lui avaient appris qu'il était destiné à être son époux. Elle
comptait alors à peine treize ans, et Charles était
dans sa dix-septième année.

Dès qu'elle cessa de le regarder comme un
frère, elle perdit avec lui cette gaieté naïve qui
la faisait voler à sa rencontre; elle fut plus affec-

tueuse peut-être; mais elle mit de la réserve
jusque dans les témoignages de son amitié.
Charles fut étonné d'un pareil changement; il
s'en plai nit, et peu à peu s'accoutuma à ne plus
la traiter comme un enfant.

Trois années s'écoulèrent dans un bonheur
parfait. A seize ans Lucie aurait été citée comme
la plus belle personne de son sexe: mais elle
était bonne, modeste, spirituelle; on admirait en
silence sa beauté, on s'étonnait de ses talents, et
l'on vantait son caractère. Madame de Saint-Albe
s'applaudissait d'avoir préparé le bonheur de
son fils, en remplissant un devoir bien sacré.

Charles était devenu un homme. Sa franchise,
la vivacité de ses conceptions, son goût et son
adresse pour tous les exercices violents, son ap-
titude même pour les sciences, tout en lui annonçait des passions violentes; il plaisait par sa
douceur, il imposait par la fermeté de son caractère; en un mot Charles était un de ces êtres
qui, sortant de la classe commune, honorent la
société quand ils ne la brisent pas; qui quelquefois se perdent à jamais par une première

faute, et qui peuvent aussi en commettre vingt
avant qu'on ose les condamner. Il adorait sa
mère; il aurait sans hésiter donné sa vie pour
elle; et cependant si madame de Saint-Albe
avait été assez imprudente pour lui parler une
seule fois avec sévérité, Charles aurait senti tout
son sang bouillonner avant de s'avouer à lui-
même qu'une mère a droit de commander.

Madame de Saint-Albe était fière de son fils.
Lorsque des amis sincères lui parlaient dse dangers auxquels sont souvent exposés ces caractères ardents que l'éducation embellit sans les
soumettre, elle répondait avec complaisance:
« Que peut-on lui reprocher? A-t-il un seul
défaut qui ne tienne à son âge? et qui lui refuserait des vertus que les années ne feront qu'aug-
menter? Sincère, aimant, fidèle à l'amitié, d'une
parole inviolable, au-dessus de la vanité, incapable de crainte et de calcul, qu'importe qu'il soit
ardent dans tous ses désirs. Je l'avoue: je risque-
rais beaucoup à lui commander; mais il suffit
que je désire, et une prière de moi sera toujours
pour lui bien plus puissante qu'un ordre. »

17

Si tout cela était vrai, d'où provenait donc l'inquiétude à laquelle madame de Saint-Aibe était livrée?

Le silence, un moment interrompu par Lucie, recommença bientôt; elles restaient toutes deux immobiles, et paraissaient ne sentir l'existence que lorsque le timbre de la pendule, en troublant leur méditation, les rappelait plus vivement à celui qui en était l'objet. A une heure madame de Saint-Albe dit à Lucie de se retirer. Lucie lui prit la main, la baisa et lui obéit. Prête à sortir, elle se retourna pour jeter un dernier regard sur madame de Saint-Albe; elle vit des pleurs couler de ses yeux, et ne fut plus maîtresse de cacher son émotion. Revenant sur ses pas, elle reprit sa place aux pieds de sa tante.

« Madame, lui dit-elle, je crains d'ajouter à vos chagrins, et cependant le ciel m'est témoin que rien ne me coûterait pour les adoucir. J'ignore ce qui vous afflige dans la conduite de mon cousin; je crains d'être la cause involontaire de sa dissipation. Ses procédés avec moi sont toujours dictés par la bienveillance; mais

vous savez jusqu'à quel point il redoute la contrainte. Peut-être avez-vous laissé trop deviner
des projets..... Sacrifiez-les à votre repos, à celui
de votre fils. La reconnaissance ne suffit-elle pas
pour que je vous consacre ma vie entière. Que
Charles cesse de voir en moi un obstacle aux
desseins qu'il peut avoir, et je suis persuadée qu'il
ne nous fuira plus. » A l'émotion de Lucie, madame de Saint-Albe vit clairement qu'elle croyait
faire un grand sacrifice, et sans entrer avec elle
dans aucun détail, elle lui dit de se calmer,
que les craintes d'une mère allaient souvent plus
loin que la raison ne l'exigeait. Elle l'embrassa,
et Lucie se retira bien inquiète de savoir ce qu'on
pouvait reprocher à Charles. Elle devinait trop
qu'elle n'était plus aimée; mais en ce moment ce
n'était pas pour elle qu'elle souffrait.

Aussitôt que madame de Saint-Albe fut seule,
elle écrivit, sonna, et dit au domestique de remettre son billet au portier pour le donner à
son fils lorsqu'il rentrerait. Ce billet ne contenait
que ces mots: « A telle heure que vous reveniez,
je vous *ordonne* d'entrer chez moi. » Elle était

violemment agitée; en ce moment elle se sentait le courage de provoquer une explication, et de parler pour la première fois avec toute l'autorité d'une mère. Mais qui ignore que les cœurs vraiment sensibles s'exaltent dans la solitude, y prennent des résolutions hardies, quelquefois violentes, et que leur fermeté s'épuise bientôt par les efforts qu'ils font pour la nourrir. A peine le domestique était-il sorti, que madame de Saint-Albe sonna de nouveau, reprit son billet, le déchira, et en écrivit un autre. Le voici : « A telle heure que vous reveniez, je vous *prie* d'entrer chez moi. » Un seul mot changé suffit pour faire deviner les émotions qui se combattaient dans son âme.

Décidée à attendre son fils, à passer même la nuit entière, certaine qu'il n'oserait refuser de la voir, madame de Saint-Albe reprit un peu de calme, et essaya de nouveau de chercher une distraction dans la lecture; ce fut en vain. Elle retomba dans une rêverie profonde.

Quel talent il faudrait pour peindre cette femme à qui la nature, en donnant la beauté,

voulut encore ajouter cette délicatesse qui la
rend si intéressante! La douceur de madame de
Saint-Albe, un abandon plein de grâce dans sa
démarche, dans tous ses mouvements, fixaient
sur elle les regards; elle semblait réclamer l'appui de ceux qui l'entouraient, bien plus que
leurs hommages. Qui aurait jamais soupçonné
qu'un jour, seule, abandonnée à elle-même, elle
s'élèverait jusqu'à l'héroïsme?

Mariée dans l'âge qui tient de si près à l'enfance, mère à seize ans, cachant une âme active
sous une froideur apparente, elle sut, dès son
entrée dans le monde, inspirer le respect sans se
priver des plaisirs de la société; et à vingt ans sa
réputation était telle, qu'un homme (le comte de
Lusy) osa se déclarer hautement son adorateur,
sans qu'elle fût obligée d'en rougir. Il est vrai
qu'il la citait partout comme une femme ac-
complie, comme la seule pour laquelle il aurait
avec plaisir renoncé au célibat, et que jamais
il ne lui dit à elle-même un mot qui pût lui faire
soupçonner qu'il l'adorait. Elle le sut, parce que
tout le monde le savait et ne changea point de

conduite avec lui, pour ne lui marquer aucune distinction. Comme il ne lui montra toujours que l'estime la plus respectueuse, elle ne fut jamais embarrassée de sa présence. Le comte de Lusy était peut-être le seul homme qui, par son caractère, pût parler avec autant de chaleur que de franchise d'une femme jeune, belle et enviée, sans nuire à sa réputation, ou sans s'exposer lui-même au ridicule dont le monde couvre volontiers l'amour sans espérance. On le citait comme un homme singulier, parce qu'il était spirituel et bon, poli, sans être flatteur ou perfide, indulgent pour les erreurs, sévère contre les faux principes; qu'il tenait à ses opinions sans blesser jamais ceux qui ne les partageaient pas, et qu'avec une grande fortune, de la taille, une figure belle, quoique très-froide, il n'était ni fat, ni prodigue, ni avare. On ne s'étonnera plus maintenant s'il passait pour singulier, et si, adorant madame de Saint-Albe, il n'avait rien trouvé de mieux pour l'en instruire et pour se mettre en garde contre lui-même, que de l'avouer à tout le monde. Quand on le plaisantait de cette extravagance, il répondait

en riant qu'il n'avait vu d'autre moyen de se
débarrasser des agaceries fatigantes de toutes les
coquettes. « Depuis qu'on sait ce que j'aime
dans une femme, disait-il, on va moins à la
poursuite de mon cœur; ainsi je gagne d'un côté
en tranquillité ce que je perds de l'autre. »

Que faisait le jeune Saint-Albe tandis que sa
mère veillait dévorée d'inquiétude? Il oubliait
les heures près d'une femme trop séduisante par
ses charmes, ses défauts, ses talents, ses passions,
pour qu'un homme de son âge n'en fût pas ido-
lâtre. Pour la faire connaître il suffira de copier
une lettre que M. de Lusy avait écrite le matin
même à madame de Saint-Albe.

« Pouvez-vous convenir que vous me devez la
vie, sans vous reprocher votre ingratitude? Nulle
préférence pour moi..... Pardon, madame,
j'oubliais que j'ai promis de ne me plaindre
jamais. Ne me suffit-il pas qu'une seule fois vous
ayez avoué que votre reconnaissance était un
bonheur pour vous? Et ne me distinguez-vous
pas en effet lorsque, alarmée sur la conduite de
votre fils, vous vous adressez à moi pour con-

naître la vérité, pour obtenir des conseils. Vous
savez cependant que je n'aime pas votre fils; il
me le rend bien. Il semble qu'un instinct secret
nous avertit tous deux que nous sommes rivaux.
Sans lui, je me plais à croire que vous m'auriez
permis de prétendre à un titre plus doux que
celui d'ami; sans moi il doit sentir que personne
au monde ne vous aimerait, ne vous respecterait
plus que lui. Tant qu'il fit votre bonheur, j'eus
peine à lui pardonner de vous occuper uniquement; depuis qu'il fait couler vos larmes,
il me paraît moins dangereux; vous avez besoin
de moi, vous vous adressez à moi; c'est pour lui,
je le sais; mais enfin je vous suis nécessaire. Je
vais justifier votre confiance.

» Charles avait besoin d'un père, d'un ami,
d'un guide; il n'a trouvé en vous qu'une mère,
et vous aviez trop fait pour lui pour ne pas l'aimer avec faiblesse. L'amour seul pouvait
vous l'enlever; il aime. Il se sent trop heureux pour penser qu'il ait besoin de se contraindre. Je lui rends cette justice, qu'entraîné par un
charme chaque jour plus puissant, il ne soup-

çonne pas le chagrin qu'il vous cause. S'il le connaissait, et qu'à l'instant même il n'eût pas assez
d'empire sur lui pour rompre la plus dangereuse
de toutes les liaisons, vous le perdriez à jamais.
Incapable de déguiser ses torts, il peut à la fois
les avouer, continuer et gémir.

» La femme qui le captive n'était jusqu'à présent connue que par sa beauté, ses talents et son
esprit; on ne lui accordait pas un cœur, et aucune faiblesse ne la sauvait du mépris, car vous
ignorez sans doute que, nous autres hommes,
nous avons la manie de distinguer même parmi
celles qui font métier de leurs charmes. Charles
fut conduit chez elle sans dessein formé de sa
part; la fatalité voulut qu'il lui inspirât une véritable passion; il en plaisanta d'abord; la persévé-
rance l'étonna. Il crut demander beaucoup en
exigeant du mystère; elle ne crut pas accorder
assez en lui sacrifiant tout ce qui n'est pas lui.
On dirait que jusqu'à ce moment elle n'a eu des
vices, des défauts que pour le convaincre qu'à
lui seul il appartenait de la rendre sensible, de
lui faire connaître toute la délicatesse qu'inspire

l'amour. De ce qu'elle fut, elle n'a conservé que ce qui séduit. Quelle épreuve pour un jeune homme aussi bouillant! et comment le rendre à la raison?

» Je souhaiterais pour vous que votre fortune comptât pour quelque chose dans les agréments que cette femme trouve à votre fils; mais celle qui dit la première: Une chaumière et mon amant, ne fit que devancer la pensée de la femme que nous avons à combattre. Vile jusqu'à ce jour, elle peut se croire vertueuse depuis qu'elle n'est plus que passionnée; elle mépriserait des richesses qui lui seraient offertes par Charles, et sacrifierait jusqu'à sa beauté, s'il ne lui restait que ce moyen de prouver qu'elle ne s'appartient plus. Moins jalouse de jouir de l'amour qu'elle inspire que de ne laisser aucun doute sur celui qu'elle éprouve, c'est en renonçant à la coquetterie qu'elle a connu tout le pouvoir de ses charmes. Fière des qualités de Charles qu'elle est capable d'apprécier, elle aimerait en lui jusqu'à ses remords, pourvu qu'ils n'allassent point jusqu'à lui donner le courage de l'abandonner.

» Ne croyez pas que j'exagère. Tout est vrai aujourd'hui, tout peut être faux demain; car l'empire de l'amour est souvent chez ces femmes-là aussi peu stable qu'il est violent. S'il durait, votre fils serait enchaîné; et faut-il abandonner ses destinées au hasard? S'il ne rompt le premier, si cette rupture n'est pas un effort, qu'attendre désormais de lui? et comment l'arracher à une séduction que les plaisirs, l'âge, l'amour-propre, rendent sans cesse plus puissante?

» Vous avez voulu connaître la vérité: je vous ai dit tout ce qu'une mère peut entendre. Vous me demandez des conseils; hélas! il fallait prévoir de loin l'époque où votre fils aurait besoin d'un père. Je l'aurais tant aimé qu'il m'aurait sans effort regardé comme le sien. Je ne vous fais point ici de reproches; et quoique je vous aie assuré que je voyais dans Charles le seul rival que je dusse craindre auprès de vous, ne suffit-il pas qu'il vous appartienne pour que je désire le sauver, même au prix de toutes mes espérances? Il vous aime beaucoup; il ignore en partie ce que vous avez fait pour lui ; ouvrez-lui votre cœur, tentez sa générosité ; si vous ne l'emportez pas, il est perdu. »

Les renseignements renfermés dans cette lettre avaient troublé madame de Saint-Albe ; ils lui paraissaient cruels et malheureusement trop vrais. Quelle alternative pour une mère d'abandonner son fils à une liaison qui finirait par le corrompre, ou de risquer une explication après laquelle tout espoir serait perdu si la reconnaissance ne parlait pas plus haut que l'amour ! Avant d'être aussi parfaitement instruite, madame de Saint-Albe aurait pu balancer ; maintenant elle souffrait, mais elle n'était point indépendante. Où son devoir était clairement tracé, sa résolution était toujours inébranlable.

Deux heures sonnaient lorsque Charles rentra ; elle entendit sa voix, et trembla qu'il ne se fît un prétexte pour éviter de se rendre chez elle ; mais, quoique surpris par le billet que lui remit le portier, aucune crainte ne l'amena à réfléchir sur lui-même. Il parut devant sa mère, uniquement occupé d'elle.

« Seriez-vous malade ? lui dit-il avec inquiétude? D'où vient cette pâleur? pourquoi veiller
ainsi? Vous ne répondez pas; des larmes s'é-
chappent de vos yeux. Ah! de grâce, parlez-moi.
Qui peut vous affliger? — Vous le demandez,
Charles; n'avez-vous donc aucun reproche à vous
faire? »

Cette réponse fut terrible pour le jeune Saint-
Albe. Pour la première fois, il sentit son cœur
partagé entre ce qu'il devait à sa mère, et le sacrifice qu'il prévit qu'elle allait exiger de lui.
« Vous m'étonnez, madame, lui dit-il; à mon
âge, un homme peut avoir des intérêts qu'il ne
discute avec aucune femme, et moins encore
avec une mère pour laquelle il ne cessera jamais
d'avoir le plus tendre amour et le plus profond
respect. Ce qui est un tort, peut-être même un
crime à vos yeux, n'est point jugé aussi sévèrement par le public. Chaque âge a ses vertus,
chaque siècle a ses mœurs. Evitons un entretien
dans lequel nous ne nous entendrions pas, dans
lequel je serais désespéré que vous pussiez m'entendre. Jugez-moi par la partie de ma conduite

dont je suis responsable envers vous: vous avez
mis votre fortune à ma disposition, ai-je abusé
de votre confiance? Je vous aime trop pour
calculer si vos désirs vont quelquefois jusqu'à
me coûter des sacrifices. Ordonnez de chacune
de mes actions dans tout ce qu'il vous est permis
d'en connaître; et du reste, pour notre bonheur, laissons le voile du mystère sur tout ce
qu'il doit couvrir. »

Charles était loin d'avoir l'assurance qu'annon-
çaient ses paroles; mais elles exprimaient si bien
le fond de sa pensée, qu'il est sûr qu'une plus
longue discussion, en l'animant davantage, aurait fait taire la vive émotion qu'il éprouvait en
voyant, pour la première fois, sa mère mécon-
tente de lui. Soit que madame de Saint-Albe le
prévit, soit qu'elle espérât plus en s'adressant au
cœur de son fils qu'en employant avec lui le
langage de la raison, toujours sévère quand on
a le droit de commander, elle lui fit signe de
s'asseoir près d'elle. Charles obéit.

« Je ne veux pas discuter avec vous, et peut-
être en effet ne nous entendrions-nous pas. Vous

croyez qu'un fils a des intérêts que l'amour maternel ne doit jamais examiner; vous croyez que
l'exemple de votre siècle vous justifie, qu'il est
des circonstances qui légitiment le désordre, et
qu'on a assez de vertus quand on n'a pas tous les
vices; mon ami, je vous tairai le chagrin que me
causent de pareils principes. Je n'exigerai rien
de vous; mais avant de jouir du droit de juger
seul vos devoirs, me permettrez-vous de m'offrir
à mon fils pour exemple? Si je n'ai fait pour
vous que ce que toute autre mère eût fait à ma
place, j'y consens; dégagez-vous de toute reconnaissance. »

Charles balbutia quelques mots qui tendaient
à rompre cet entretien. « Vous serais-je donc à
charge en vous parlant de moi? lui dit madame
de Saint-Albe. » Charles prit la main de sa mère,
et la regarda avec attendrissement. Ce fut dans
cette position que madame de Saint-Albe commença son récit.

« Je n'ignore pas, mon ami, l'influence qu'on
accorde aujourd'hui aux passions. Vous êtes
trop jeune pour comprendre que le dernier

terme de la corruption est de se faire des vertus
de ses désirs, et le monde vous offre des distractions qui ne vous ont pas encore permis
de remarquer que tous ces êtres passionnés
finissent par professer l'égoïsme le plus révoltant.
La profonde mélancolie qu'ils avouent, dont ils
se vantent même, témoigne l'ennui qui les dévore
aussitôt que l'âge ne leur permet plus d'avoir des
passions sans s'exposer au ridicule. Comme tous
les mouvements de leur âme ont été violents, les
sentiments les plus doux de la nature, les plaisirs
calmes de l'amitié, leur paraissent insipides ; ils
s'isolent au milieu de leur famille, ils manquent
à tous leurs devoirs, et l'esprit d'intrigue et de
tracasserie occupe seul, pour l'ordinaire, la fin
d'une vie dont les premiers instants furent si passionnés. Cependant ils sont parvenus à donner
une espèce de prévention contre les êtres ver-
tueux qui, sacrifiant sans cesse leurs désirs à de
plus nobles intérêts, cachent jusqu'à l'amertume
du sacrifice, et n'achètent souvent cette tranquil·
lité dont ils jouissent qu'au prix des plus pénibles
combats. La force de l'âme est tout entière dans

la résistance, et la vraie sensibilité n'est pas celle qui s'exalte. Vous aussi, Charles, vous croyez que mon cœur fut toujours si froid qu'il me serait impossible de comprendre ce qui agite le vôtre; vous ne connaissez de ma vie que ce que j'en ai laissé voir. A ma tendresse pour mon fils, comment ne m'a-t-il pas devinée? Mais telle est la manière de juger des hommes: au moment où ils érigent leurs passions en vertus, ils ne font plus des vertus qu'une situation de l'âme, et celui qui remplit ses devoirs n'est à leurs yeux qu'un être trop froid pour oser briser le joug des préjugés.

» Je veux que vous me connaissiez tout entière. Je m'efforcerai d'oublier en vous parlant le motif qui m'a amenée à cette confidence, et si quelquefois je me le rappelle, croyez que ce ne sera point avec l'intention de vous faire des reproches.

» Quoique vous touchiez à peine à votre vingtième année, des siècles entiers ont souvent produit des changements moins grands que la courte époque qui s'est écoulée depuis votre naissance.

18

» J'étais fille unique, et la fortune de mes parents était considérable ; je pouvais me croire au-dessus de la bourgeoisie. Cependant il y avait en France des familles dans lesquelles je ne pouvais être admise qu'en considération de mes richesses. L'orgueil, à cet égard, avait créé beaucoup de distinctions. Elles étaient ridicules sous bien des rapports, particulièrement sous celui-ci, que l'homme, qui s'humiliait jusqu'à avouer hautement que le besoin de s'enrichir décidait seul son choix, n'en conservait pas moins le droit d'humilier ceux qui l'enrichissaient. C'était un combat réciproque de vanité, dans lequel ceux qui avaient déjà des titres pour être vains, écrasaient ceux qui cherchaient à en acquérir. Puisque l'éclat de la fortune l'emportait sur tout autre, il fallait du moins vouloir la fortune sans en rougir, et mettre l'alliance des femmes hors des calculs de l'orgueil.

» J'avais quinze ans, lorsqu'on m'avertit que tous les arrangements étaient pris pour mon mariage avec le duc de Saint-Albe ; j'ai su depuis que sa famille s'était assemblée pour discuter

s'il pouvait m'épouser ; et le résultat de deux
conférences très-vives fut que ses affaires ne lui
laissaient guère d'autres ressources. Il était venu
une fois à mon couvent, sous un prétexte que
je ne me rappelle plus. Je l'avais si peu remarqué, qu'il me semble encore ne l'avoir vu pour
la première fois que le jour où nous signâmes
le contrat qui nous unissait. Huit jours après, je
l'épousai sans amour, sans préférence ; il n'en
demandait pas. Malgré la différence de nos âges,
il ne tenait qu'à lui de m'attacher par des liens
plus puissants que le devoir ; il n'y pensa pas. Je
crus quelque temps que j'exciterais du moins en
lui cette amitié qui naît de l'estime, et que l'intimité naturelle entre deux époux rend si consolante ; il ne m'entendit pas. Notre mariage
avait été un arrangement, tout ce qui l'accompagna fut une suite d'arrangements ; ainsi,
je me trouvai, à quinze ans, plus libre que je ne
désirais l'être, et sans autre règle de conduite
que ce qu'on appelle la bienséance, mot qui si-
gnifie trop pour le monde, et pas assez pour la
vertu.

» Vous croirez peut-être, mon fils, que votre mère fut humiliée dans une famille qui avait délibéré avant de la recevoir; détrompez-vous. Je portais le nom de M. de Saint-Albe, et je n'eus jamais qu'à me louer de ses parents. Les égards désagréables parce qu'ils sont calculés étaient pour ma famille; avec moi, tout était naturel, et le titre que m'avait donné mon mariage portait avec lui tant d'influence, qu'on ne se faisait pas scrupule de m'avertir de ce que je pouvais me permettre ou m'interdire avec mes parents. J'agis toujours avec eux comme le respect et l'amitié me l'ordonnaient, et peut-être était-ce déjà une preuve de courage.

» Je fus mère à seize ans; mais à cette époque aussi je pus croire que j'avais cessé d'être épouse. Vous faites entrer pour tout dans votre bonheur les plaisirs que donne l'amour; supposez que j'eusse reçu de la nature un cœur dévoré du besoin d'aimer, et jugez la position d'une femme mariée avant de se connaître, et dont l'époux, sans s'imaginer avoir des torts, s'éloigne lorsqu'elle atteint à peine l'âge où les passions commencent à parler. Cet état est plus affreux qu'il n'est possible de le dire. J'avais devant moi l'exemple de la société dans laquelle je vivais; j'avais, non pour excuse, mais pour corrupteur, l'indulgence de mon siècle; doutez-vous que la séduction ne m'entourât?.... Mon fils, votre mère, à la fois effrayée de ses liens et de sa solitude au milieu du monde, forma le projet de vivre pour ses devoirs, de ne jamais composer avec eux, afin de pouvoir vous donner un jour des conseils, sans rougir en parlant de vertu. Ce projet, je l'exécutai; pensez-vous que ce fut sans combattre? Je n'étais pas même soutenue par l'approbation de votre père. Jamais il ne me donna d'éloges qu'en vantant ma prudence, en approuvant le choix de mes sociétés; il me jugeait par les bienséances, parce qu'elles étaient tout pour lui. Dans le monde, on plaisantait de mes principes dont je ne parlais jamais, et qui furent d'abord taxés d'enthousiasme ridicule; quand on vit que je n'en changeais pas, on affirma que j'étais dépourvue de sensibilité.

» Combien il s'en fallait que je fusse insen-

sible! Toute ma résignation ne m'empêchait
pas de verser des larmes dans le silence de la
nuit. Mes pleurs n'avaient point d'objet déterminé; sans approfondir ce que je désirais, je sentais que ma vie entière s'écoulerait dans les privations. J'étais obligée de m'interdire jusqu'aux douceurs de l'amitié; en existe-t-il sans confiance, et
à qui aurais-je avoué ma douleur, moi qui redoutais d'en avoir des témoins? Votre présence, mon
fils, les caresses que je vous prodiguais, étaient
ma consolation; mais peut-être n'est-il au monde
que celle qui fit tant de sacrifices à l'amour
maternel qui puisse dire, sans honte, qu'à dix-
sept ans ce sentiment ne suffit pas pour le bonheur. Aimer n'est qu'une partie de l'existence;
pour qu'elle soit entière, il faut être aimé.

» Des désirs vagues ajoutaient à la faiblesse de
ma santé; je languissais. Il fallait de l'exercice à
toutes les facultés de mon âme; le sort eut pitié de moi, et j'appris qu'on souffre moins à combattre qu'à livrer son imagination à une sensibilité d'autant plus pénible qu'elle n'a pas de but.

» Des amis de votre père, je ne remarquai

que le comte de Lusy. Il a ce qu'on appelle de
l'originalité dans le caractère, et rien ne séduit
davantage dans un monde où des usages si marqués produisent presque toujours une uniformi-
té fatigante. Pour ne ressembler qu'à soi, et ne
blesser personne, il faut des qualités qui forcent
l'estime; le comte de Lusy les possédait toutes.
Je l'avoue, je désirais qu'il me distinguât; et si
mon âge me l'eût permis, j'aurais recherché son
amitié; je croyais ne pas vouloir davantage. Je
lui inspirai de l'amour. Il mit si peu de mystère
dans sa conduite et tant de franchise dans ses
discours, que je ne pus ignorer ses sentiments,
quoiqu'il ne m'en parlât jamais. Son estime, ses
procédés, sa constance me touchèrent, et je ne
pus me dissimuler que lui seul aurait réalisé la
chimère de bonheur que tous les êtres sensibles
se composent. Et pourtant, veuve depuis longtemps, ayant à M. de Lusy des obligations que
tout mon sang ne pourrait payer, il ignore
encore, il ignorera toujours l'espèce d'attachement qu'il a su m'inspirer. Vous êtes le premier
à qui je le confie. Doutez-vous qu'heureuse d'être

aimée, il ne m'ait pas fallu du courage pour tromper la pénétration d'un homme aussi tendre que dévoué? A qui ai-je fait hommage de mes sacrifices? à mon devoir tant que vécut votre père ; depuis que je suis libre, qui a pu me donner la force de résister au plus ardent de mes désirs, et peut-être à ce que m'imposait la reconnaissance? Mon fils, je devins jalouse de moi pour vous, et s'il me resta des regrets, ils ne servirent qu'à me faire mieux sentir à quel point vous m'êtes cher. »

Charles croyait savoir toutes les particularités de la vie de sa mère; il ne se rappelait pas sans frémir les dangers qu'elle avait courus; il en avait souvent entendu parler. A la fois attendri et étonné, il ne pouvait croire qu'elle aimât M. de Lusy pour lequel elle ne témoignait aucune préférence; il cherchait quelle si grande obligation elle lui avait, et pourquoi cette obligation lui était inconnue. La reconnaissance a donc aussi ses secrets? Ah! sans doute, quand elle craint de laisser deviner l'amour. Madame de Saint-Albe, qui examinait avec inquiétude la figure si expressive de son fils, continua en ces termes:

« Si les événements de la vie se comptaient par
les peines du cœur, la mienne vous paraîtrait
aussi agitée qu'elle fut longtemps calme en apparence. Loin de redouter de nouveaux malheurs, je croyais qu'il n'en était pas de plus
grands que les miens. J'appris bientôt que les
murmures de tous ceux qui , comme moi, ne
devaient que se louer des bienfaits de la Providence, avaient lassé sa bonté. Un malaise général
dans les esprits, une inquiétude qui tenait de la
folie, mirent à la fois tous les Français hors de
leur position; la diversité des opinions bien plus
que l'intérêt, forma des partis, et les partis une
fois formés allèrent tous au delà de leurs premiers
désirs. Votre père avouait franchement qu'il n'entendait rien à la politique ; mais, dès qu'il crut
que les bienséances ne lui permettaient plus de
rester en France, à peine voulut-il accorder vingt-
quatre heures aux préparatifs de son voyage. Il
m'annonça que je l'accompagnerais; et cela
avec une assurance qui ne me laissait aucune
objection à faire ; puisqu'il ordonnait, je n'avais
plus qu'à obéir. Je le suppliai de me permettre

de vous emmener avec nous; il répondit qu'un enfant devait rester étranger à de pareils débats. Hélas! une femme n'avait-elle pas le même privilége, et la mère devait-elle être séparée de son fils? mais tout fut si extraordinaire dans notre fuite, que les détails en paraîtraient ridicules aujourd'hui. Qu'il vous suffise de savoir qu'un simple voyage à l'une de nos terres aurait entraîné plus de précautions; si j'emportai avec moi tous ces bijoux qui n'avaient encore eu de prix que par leur éclat, et auxquels la nécessité devait donner un jour une valeur plus réelle, c'est que ma femme de chambre se mêla seule de mes arrangements particuliers. Vous embrasser mille fois, vous baigner de mes pleurs, vous recommander avec prière à mes parents, à notre homme de confiance, à tous ceux de nos gens que nous laissions à Paris, telle fut mon occupation. Je partis la mort dans l'âme; vous dormiez alors paisiblement, et je me refusai la consolation de vous embrasser encore, dans la crainte de troubler votre repos.

» Pendant le voyage, je fus obligée de cacher

ma douleur à M. de Saint-Albe; il était impossible
qu'il me comprit. Sans opinion formée sur les
événements, il était si persuadé d'un prompt
retour, qu'il eût été bien embarrassé de dire au
juste pourquoi il partait, car il n'était pas encore
question de guerre, ni de toutes les espérances
que la chance des armes permet quelquefois de
concevoir suivant ses désirs. Il vous paraîtra
peut-être extraordinaire que je pensasse différem-
ment que votre père, ou plutôt que j'eusse aussi
une opinion; elle ne m'appartenait pas. Les conversations étaient toujours dirigées sur les affaires
du temps; on ne parlait que politique; j'écou-
tais, et, je l'avoue, dans toutes les discussions,
j'étais toujours intérieurement du même avis
que M. de Lusy. Était-ce prévention de ma part?
était-ce raison? Si je jugeais par l'événement,
j'observerais que sa conduite lui a mérité l'estime générale, et que, sans ambition, sans enthousiasme, en prévoyant et bravant même de
grands malheurs, il soutint toujours qu'il fallait
élever sa pensée jusqu'au salut de la France, indépendamment de toute opinion, de tout intérêt.

Il vint nous voir le jour de notre départ; il était aussi triste que moi; il me demand.. la permission de veiller sur vous, et me recommanda pour vos intérêts un courage dont il m'assura que j'aurais besoin un jour.

» Je ne vous parlerai pas de la vie que nous menâmes dans les pays étrangers: peindre les erreurs d'un seul parti m'a toujours paru une injustice dont tout l'effet est d'engager à soutenir, par amour-propre, ce que dans le fond du cœur on condamne par conviction. Les événements n'étaient plus les mêmes qu'à notre départ; une loi fixa un terme pour notre rentrée, et je formai le projet d'obtenir de M. de Saint-Albe la permission de venir vivre près de vous. La crainte de vous voir dépouillé de tous mes biens, pouvait seule me donner ce courage; mais tremblante entre ce que je devais à mon époux et à mon fils, je combattis longtemps avant d'oser faire connaître mes désirs. Le malheur a des droits si sacrés! et je m'apercevais trop qu'il avait aigri le caractère de M. de Saint-Albe. Enfin j'osai m'expliquer. Je m'attendais à bien des ob-

jections; ma tête s'était fatiguée souvent à préparer les moyens d'y répondre victorieusement;
la permission que je désirais si ardemment me fut
accordée de suite, mais avec un ton si froid que
j'en restai anéantie. « Allez, madame, sauver la
fortune de votre fils; elle vous appartient tout entière; il n'a de moi que mon nom, je le lui trans-
mettrai tel que je l'ai reçu. » O mon cher Charles! si vous eussiez vu quel regard de mépris il lan-
ça sur moi en ce moment, vous auriez eu pitié de
votre malheureuse mère. Ma fierté se révolta; je
me retirai le cœur gonflé, les yeux baignés de
larmes, et je connus pour la première fois de ma
vie les tourments de cette fausse sensibilité qui
tient de si près à l'égoïsme. Je condamnais votre
père, et je devais le plaindre. Savais-je ce qu'il
souffrait intérieurement? Je fus bientôt persuadée qu'il avait pour vous les mêmes craintes que
moi, et que, dans le fond du cœur, il approuvait
mon retour. La honte de l'avouer le rendait
malheureux; il aima mieux paraître injuste
qu'accablé par le sort; et je n'eus ni la bonté de
le deviner, ni le courage de supporter un mou-

vement d'humeur. C'est un tort que je me reproche encore tous les jours.

» Le moment approchait où je ne pourrais
plus profiter de la loi, et je n'osais me servir de
la permission que M. de Saint-Albe m'avait accordée. Il était au-dessus de mes forces de le
quitter le sachant mécontent de moi; sans doute
il souffrait de mes retards, et ne voulait pas m'en
demander la cause; nous ne nous parlions pas; à
peine même si nous nous voyions. Ce fut dans
cette circonstance qu'il tomba malade. Pouvais-
je l'abandonner? pouvais-je le ...sser seul
au milieu d'étrangers? Mon cœur, mes plus
chers désirs, toutes mes réflexions m'appelaient
auprès de vous; le devoir me retint au chevet du
lit de votre père. Hélas! ce fut en le perdant que
j'appris à le juger; ce fut sur son lit de mort que
pour la première fois il me parla avec confiance.
Il était bon, généreux, et bien plus instruit que
je ne croyais. Une timidité qu'il ne pouvait vaincre l'avait asservi à l'usage; il s'était fait une
habitude de la fierté, de la froideur, pour cacher la faiblesse naturelle de son caractère; et

la crainte de laisser deviner un défaut qui l'eût
rendu aimable, le fit constamment agir contre sa
propre volonté. Il vit venir la mort avec courage;
ses dernières paroles furent pour votre bonheur;
et l'inquiétude qu'il ne cessa de montrer sur ma
position me fait encore regretter que nous ayons
été époux sans nous connaître.

» Depuis deux mois le terme fatal fixé pour
notre retour était expiré; mais je ne craignais
plus que pour moi, et malgré les conseils de tous
mes amis, je ne balançai pas un moment. Je
rentrai en France. Mes biens étaient libres encore; en jouissant du bonheur de vous embrasser,
je pus aussi conserver l'espérance d'échapper
aux dangers qui me menaçaient. Je passai plus
d'une année, vivant loin du monde, ne conservant que le moins de relations qu'il m'était possible; vous menant de Paris à mes terres, jamais
deux fois de suite à la même, ayant grand soin
de me mettre en règle partout, et déguisant
ainsi par tous les moyens imaginables l'époque
précise de mon retour. Je suivais à cet égard les
conseils de M. de Lusy. Sans doute j'aurais été

innocente au texte de la loi, comme je l'étais au fond du cœur, si le moment n'était arrivé où les lois ne reconnaissaient plus un seul individu qui ne pût être coupable. Je ne l'étais plus que comme tout le monde, et ma rentrée qu'on aurait pu regarder comme un acte de courage, pour moi personnellement, n'était pas même une imprudence, puisque j'étais revenue décidée à tout pour assurer votre avenir.

» Si vous m'avez bien compris, mon cher Charles, si vous vous rappelez qu'alors j'étais jeune encore, si vous pensez qu'il existe des sentiments plus chers que la vie, vous croirez sans peine que je vous fis un sacrifice plus réel et plus douloureux. J'étais aimée, j'étais libre; celui qui prétendait à ma main me parlait moins de son amour que de mon bonheur, du vôtre; la nécessité d'un appui dans ces moments difficiles, l'espoir de vous laisser un guide qui m'aurait rassurée sur votre destinée, tout se réunissait pour m'entraîner. Où trouvai-je la force, quels furent mes motifs pour résister? En vain je tenterais de vous rendre compte de mes sentiments.

Je tenais à l'amitié de M. de Lusy, à son estime ; dans son désespoir il m'accusait de caprice, il me menaçait de ne jamais me revoir... En effet il se brouilla avec moi sans qu'il pût avoir la certitude que je souffrais autant que lui. Il y avait trois mois que je ne l'avais vu lorsque je fus arrêtée.

» Je cessai d'avoir des torts à ses yeux aussitôt que je fus malheureuse ; il me prouva qu'il n'avait rien exagéré en m'assurant que son existence m'appartenait. Même à présent sais-je ce qu'il fit pour moi ? Ce n'est point par lui que j'ai appris qu'un homme signalé entre ceux que leur conduite ferait soupçonner de ne pas tenir à l'humanité, était cependant capable de reconnaissance, et qu'il avait à M. de Lusy une obligation très-extraordinaire, et dont j'ignore la cause. Plaignons et ne jugeons pas des hommes qui ne sont plus à craindre ; victimes eux-mêmes d'une exaltation que rien ne peut expliquer, ne nous mettons pas au-dessous d'eux en rougissant des services que nous en avons reçus.

» Tant qu'il fut possible de faire des démarches, M. de Lusy consacra tous ses moments à

19

en faire pour moi. Du fond de ma prison je recevais de vos nouvelles, c'était par lui ; des secours,
des consolations, des espérances, et quelquefois
la preuve de larmes bien amères sur le sort qui
m'attendait ; tout me venait de lui. Combien il
dut souffrir, puisqu'il ne put empêcher que je ne
fusse transférée dans cet effroyable entrepôt où l'on
n'arrivait qu'avec la certitude de n'en sortir que
pour aller à la mort ! Il eut le courage de venir
m'y voir ; il y reçut mes dernières volontés, quoiqu'il cherchât encore à me donner une espérance
que sans doute il ne conservait plus. En effet, je
fus amenée, condamnée, sans avoir rien entendu
que le cri qui échappa à M. de Lusy, assez imprudent pour s'être glissé parmi les hommes qui
assistaient régulièrement aux arrêts de ce tri-
bunal.

» Oh ! que la pensée de la mort est terrible ! Je
pleurais ; des sanglots et votre nom sortaient
avec effort du fond de ma poitrine ; mes jambes
ne pouvaient plus me porter. Ceux qui m'entouraient étaient insensibles à mon désespoir ;
ils ne le voyaient seulement pas. Les uns, condam-

nés avec moi, paraissaient anéantis ou portaient
l'exaltation jusqu'à sourire à l'idée de la destruction; d'autres, trop sûrs d'éprouver le même
sort, nous contemplaient avec indifférence, ou
fuyaient, craignant de perdre le peu de courage
qui leur restait, et dont ils avaient besoin pour
eux-mêmes. Où l'infortune est égale, la pitié ne
peut exister.

» Mes malheureuses compagnes s'étaient ras-
semblées; elles vinrent à moi, et m'engagèrent à
signer un écrit par lequel elles se déclaraient en-
ceintes. Qui peut expliquer les mouvements du
cœur? Avec l'espérance, je retrouvai toute ma
force, et ce ne fut point pour désirer de vivre. Ma
première pensée, mon fils, fut qu'il me restait
encore un sacrifice à vous faire; j'allais refuser
de signer, quand on me fit passer le billet suivant. Il venait de M. de Lusy.

» Dans votre position une femme a encore
» une ressource; ne balancez pas. Je ne puis
» m'expliquer davantage. Ne gagneriez-vous
» qu'un jour, il peut vous suffire. »

« Je signai. Je ne pourrais expliquer ce qui

me décida, car ce fut avec une répugnance que la réflexion ne fit qu'accroître.

» Retirée dans un coin, seule au milieu du bruit, j'interrogeai ma conscience, et je fus effrayée de la facilité avec laquelle un billet de M. Lusy m'avait fait prendre une résolution aussi opposée à mes principes. Conservait-il l'espérance qu'il voulait me donner? je ne le crus pas, et je frémis d'avoir sacrifié ma réputation à la volonté d'un homme que l'amour seul attachait à mon sort. O mon fils! après avoir tant fait pour vous, votre mère devait-elle vous exposer à rougir de la nécessité de justifier sa conduite ? et puisqu'il fallait mourir, n'était-ce pas un devoir pour moi de vous laisser ma mémoire aussi pure que ma tendresse?

» Cependant si M. de Lusy ne me trompait pas, s'il était vrai que la hache d'un bourreau fût au moment de cesser d'être l'unique arbitre des destinées de la France, vous revoir encore, vous serrer dans mes bras, vivre et vivre pour vous seul, mon cher Charles, quel avenir! Ou la mort... une mort si cruelle !... ou le bonheur.

Mon Dieu ! à quelle épreuve mettiez-vous le cœur
d'une mère !

» Une femme, occupée des mêmes pensées
qui m'agitaient, vint m'arracher à mes réflexions, et ce fut par elle que j'appris le départ de
nos malheureux compagnons. Elle avait un
époux qu'elle adorait, et dont elle était séparée
depuis trois ans ; elle m'avoua qu'elle ne pouvait
se pardonner d'avoir été assez faible, pour oublier la douleur qu'elle lui causerait. « Il doutera de moi, me disait-elle ; je perdrai son estime ; cette idée est plus terrible que le supplice. » Elle ne pensait qu'à son époux, je n'étais
occupée que de mon fils ; nous nous jetâmes
dans les bras l'une de l'autre ; nous formâmes
ensemble la résolution de ne pas prolonger
notre existence par un mensonge déshonorant,
et de ne point nous exposer à voir violer en nous
la pudeur, pour soutenir la possibilité d'une action dont nous étions incapables. Nous écrivîmes, pour nos juges, une lettre dans laquelle
nous avouions avec simplicité notre conduite et
les motifs qui nous déterminaient. Plus d'espé-

rance, il est vrai ; mais aussi plus de remords.
Nos larmes coulèrent sur les objets de notre
amour ; pour nous, nous ne vivions plus que
dans la pensée si terrible, si consolante de l'éternité [1].

» Déjà notre lettre n'était plus entre nos mains,
lorsque nous fûmes frappés de l'agitation qui régnait autour de nous dans la prison. Quoi qu'on
eût interdit toute communication avec le dehors, de
quart d'heure en quart d'heure les nouvelles les plus
étonnantes, les plus contradictoires circulaient
avec une rapidité dont on ne se fera une juste
idée qu'en se rappelant bien qu'en ce moment
on combattait à la Convention pour vivre, mais
que pour nous il s'agissait de ne pas mourir. Nos
geôliers avaient perdu la tête ; ils se confondaient
avec les prisonniers par leurs craintes ou par
leurs espérances, et n'osaient dire un mot. Quel-

1. Ce trait est véritable. Il marque jusqu'à quel point
les femmes peuvent s'élever sans sortir de leur caractère.
Je crois plus : les femmes qui n'ont que les vertus et la
faiblesse de leur sexe, peuvent seules avoir la pensée et le
courage d'une action aussi sublime.

ques hommes parmi nous s'attristaient et nous
attristaient sur la simple observation de la figure
des agents subalternes de la prison. Celui-ci,
connu pour être méchant, souriait-il en passant,
l'effroi se glissait dans tous les cœurs. Celui-là,
dont on avait éprouvé la bonté, paraissait-il
affligé, nous renoncions à toute espérance; mais
si ses yeux brillaient de joie en nous regardant,
aussitôt la consolation rentrait dans toutes les
âmes. Le bruit qui, du dehors, arrivait jusqu'à
nous, le son incertain du tambour, le silence
même, nous livraient à toutes les horreurs de
l'incertitude. Plus de résignation : ici, des prières;
là, des cris de rage; plus loin, le délire du courage uni à l'impuissance d'agir ; partout un
mouvement continuel et sans but ! Quelle situation! quel désordre ! quel tableau !

» Tout à coup on se félicite, on s'embrasse, on
pleure; · oui, l'on est sûr enfin que ceux de nos
compagnons que l'on conduisait à la mort, ont
été arrêtés dans leur marche lugubre; le peuple
s'est ému à l'aspect des victimes. Elles vont revenir parmi nous, et leur présence sera le gage de

notre salut. On les compte, on répète leurs
noms; avec quelle impatience nous les atten-
dons!... Plus de bruit, chacun écoute en silence;
on se regarde; on craint de parler... Un geôlier
entre, et nous annonce leur départ. Hélas! il faut
mourir une seconde fois.

» Mais renonce-t-on jamais entièrement à l'espérance! D'autres nouvelles, d'autres observations nous font bientôt oublier ceux que nous
nous étions attendus à serrer dans nos bras. La
nuit vient; le tocsin annonce un grand événement; le combat est engagé: c'est pour nous,
pour nous seuls qu'il se livre; nous en serons le
prix, ou les premières victimes. O mon fils! avec
quelle ardeur je prononçais votre nom dans ces
terribles moments! combien de fois j'embrassai
la certitude de vous revoir! combien de fois,
du fond de mon âme, je vous criai un éternel
adieu!..... Quelle leçon pour les hommes! Les
juges périrent et plusieurs de ceux qu'ils ont
condamnés à mourir, existent encore pour leur
pardonner, et plaindre les objets de leurs affections. Ils avaient aussi des enfants.

» L'activité de M. de Lusy ne se ralentit pas. Dès le matin il vint me rassurer entièrement sur l'avenir. L'homme qui lui était dévoué pouvait enfin agir sans s'exposer lui-même; car, dans ces derniers jours de fureur et de destruction, le plus petit avait assez de puissance pour faire le mal, et le plus grand en apparence ne pouvait sans danger se laisser soupçonner de quelque humanité. En peu de jours j'obtins des gardes et ma maison pour prison; c'était encore alors une faveur des plus grandes.

» Que la plupart de ceux qui croient saisir les mouvements du cœur se trompent, lorsqu'ils tracent le passage subit d'une longue douleur à une grande joie! Il faut du temps à l'âme pour se retrouver. Si M. de Lusy m'avait parlé de lui, de ses craintes, de son bonheur, je ne l'aurais pas entendu, je crois plus, sa présence m'aurait été insupportable. Il avait avec moi le ton vrai de la pitié; lorsque je vous revis, mon fils, ce fut aussi le seul sentiment que m'inspira votre présence. Je ne vous fis aucune caresse; je vous plaignais, mes yeux se fixaient sur vous et je pleu-

rais. L'idée que vous seriez resté seul au monde
tourmentait sans cesse mon imagination, et je
fus longtemps à souffrir de votre vue, sans pouvoir supporter votre absence. La chambre que
j'occupais devint aussi la vôtre; en cédant au
sommeil, mes regards se perdaient sur vous; et
chaque fois que je m'éveillais, mon inquiétude
aurait été plus forte que ma raison, si je ne vous
eusse pas aperçu aussitôt. Après tant de courage,
pourquoi tant de faiblesse? Je l'ignore; mais la
première fois que j'osai vous serrer dans mes bras,
je perdis connaissance.

» Je n'ai plus maintenant de secrets pour vous,
mon ami, ajouta madame de Saint-Albe après
quelques instants de silence: vous aurez sans
doute deviné que M. de Lusy renouvela ses in-
stances pour obtenir ma main. Sa constance, mes
malheurs, ses services, ma reconnaissance, avaient
établi entre nous une intimité qui m'était sans
doute devenue nécessaire, puisque je n'avais pas
la force de la rompre. Sa demande me rappela
à moi-même; j'eus le cruel courage d'affliger
celui auquel vous devez mon existence, et, pour

lui ôter tout espoir, je partis avec vous pour la campagne, où nous restâmes bien longtemps. Ai-je
retrouvé la paix de l'âme ? je n'ose m'interroger
à cet égard ; mais il est certain que j'avais placé
tout mon bonheur dans l'avenir, et s'il faut que
vous m'enleviez le prix de tant de sacrifices, vous
me ferez plus de mal que je ne me permettrai jamais de vous le dire. »

Madame de Saint-Albe ne parlait plus, et son
fils restait dans la même attitude. Il éprouvait
une tristesse si grande, qu'en ce moment l'amour
n'avait sur lui aucun empire ; mais ce n'était point
l'effet d'une résolution courageuse ; c'était anéantissement, dégoût de la vie. Il considérait sa
mère avec douleur : « Tant de vertus, pensait-il,
et pas un jour de bonheur ! » Il se leva lentement, prit la main de madame de Saint-Albe, la
porta sur son front, et se retira sans lui adresser
une seule parole. Que pouvait-il lui dire ?

Retiré dans son appartement, il voulut mettre
de l'ordre dans ses pensées, et se trouva incapable de prendre une résolution ; il souffrait de ne
compter pour rien dans la vie de sa mère, tandis

qu'elle lui avait si généreusement sacrifié la sienne. M. de Lusy, au contraire..., cette idée lui était insupportable; la jalousie ne donne pas une douleur plus vive que celle qu'il éprouvait en pensant à tout ce qu'avait fait M. de Lusy. Que pouvait-il mettre en balance avec une conduite si soutenue? Était-ce pour elle que madame de Saint-Albe désirait tant qu'il renonçât à une liaison formée et entretenue par l'attrait seul du plaisir? Eh! non, c'était encore pour son fils.

Que faisait-il donc pour sa mère? Rien. Cette vérité le rendait malheureux.

Charles se livrait ainsi à son imagination, et se fatiguait sans s'avouer à lui-même qu'il cherchait à se déguiser la grandeur du sacrifice qu'on exigeait de lui; sacrifice trop léger, lorsqu'il pensait à madame de Saint-Albe; trop grand peut-être, si lui seul devait en profiter. Enfin ses idées se fixèrent, et tout autre sentiment céda devant son impatience.

Le jour paraissait à peine, qu'il se rendit chez M. de Lusy; il força les domestiques à éveiller leur maître pour l'annoncer, certain, leur disait-

il, que sur son nom il serait reçu. En effet, M. de
Lusy, inquiet d'une visite faite à pareille heure,
se leva aussitôt.

Charles était trop passionné pour hésiter un
moment à s'expliquer, et trop généreux pour
être encore jaloux d'un homme qu'il n'enviait
plus, depuis qu'il s'était promis de faire son
bonheur. Il embrassa M. de Lusy en lui deman-
dant s'il conservait toujours pour madame de
Saint-Albe les sentiments qu'il avait autrefois
avoués pour elle. La demande était vive et faite
surtout d'un ton bien extraordinaire; mais
avec M. de Lusy la réponse n'était pas dou-
teuse.

« Eh bien ! lui dit Charles, je veux que vous
l'épousiez; je le veux absolument. » Et sans lui
donner le temps de revenir de sa surprise, il lui
fit part de tout ce qu'il avait appris la nuit
même. « Elle vous aime, répétait-il; je le sais,
j'en suis sûr, elle me l'a dit. — J'en étais sûr
aussi, répondit M. de Lusy; je ne devais pas le
lui laisser soupçonner. » Charles à son tour
éprouva le plus grand étonnement. A son âge,

on ne conçoit pas l'amour avec tant de délicatesse.

Ils s'expliquèrent avec calme. Le jeune Saint-Albe avoua franchement sa position à celui qu'il regardait comme un ami, comme un père; il ignorait qu'il ne lui apprenait rien. Ce fut au contraire M. de Lusy qui lui apprit à se connaître, à se défier d'un moment d'exaltation qui ne tiendrait pas contre l'habitude; et Charles, en sondant son cœur, fut effrayé de sa faiblesse.

« Nous voyagerons, lui dit M. de Lusy; c'est en fuyant qu'il faut combattre; et si vous avez véritablement du courage, demain nous serons en route. — Demain! répondit Charles, sans la revoir!.. sans avoir rien fait pour le bonheur de ma mère! Allons chez elle, je vous conjure. Sans doute elle n'a pas mieux reposé que moi, et si elle sait que je suis sorti si matin, son inquiétude n'aura point de bornes. C'est auprès d'elle que mon sort doit se décider. »

Ils se rendirent chez madame de Saint-Albe. En voyant ensemble les deux objets de ses plus chères affections, son cœur fut consolé. Puis-

que son fils, dans ce moment difficile, recher-
chait la société de M. de Lusy, son fils était
sauvé. Ce fut sa première pensée; aussi les ac-
cueillit-elle avec le sourire du bonheur. M. de
Lusy lui annonça qu'ils partaient le lendemain
pour l'Italie; mais Charles fit ses conditions,
et rien ne fut capable de l'y faire renoncer.
Il jouissait du plaisir de trahir le secret de sa
mère; il triomphait de sa rougeur, de son embarras, et la força de promettre qu'à leur retour
ils ne feraient qu'une seule famille. Madame de
Saint-Albe, sa nièce, Charles et M. de Lusy, passèrent la journée ensemble, sans gaieté, sans
tristesse apparente; chacun s'efforçait de déguiser ce qu'il souffrait à l'idée d'une absence nécessaire, et par cela même douloureuse.

Les deux voyageurs se mirent en route, comme ils l'avaient annoncé. Le jeune Saint-Albe
aimait; il crut devoir un mot de consolation à
celle qu'il abandonnait. Elle fut au désespoir.
Quel éclat de sensibilité! Ne pouvant vivre sans
lui, elle se décida à le suivre, et courut sur ses
pas jusqu'à Gênes. Là, ses informations lui don-

nèrent la certitude de le joindre le lendemain.
Qui sait ce que Charles serait devenu? Heureusement, dans la même auberge où s'arrêta cette
amante courageuse, se trouvait un jeune Anglais
qui voyageait pour s'instruire; ils se rencon-
trèrent. La fierté reprit son empire sur le cœur
de la belle; elle eut honte de sa faiblesse, jura
de ne plus aimer de sa vie, et revint à Paris avec
milord. Charles apprit ce double voyage; il
rougit de sa passion; c'était plus que la surmon-
ter. Dès lors il hâta son retour.

L'intimité qui règne entre lui et M. de Lusy
le garantit de tous nouveaux écarts. Devenu l'é-
poux de sa cousine, heureux du bonheur de sa
mère, il jouit maintenant de la vie en homme
qui veut la rendre utile.

FIN

TABLE

———

Imprimerie générale de Châtillon sur Seine, Jeanne Robert.